爱情坦白

上

茶山青 著

作家出版社

茶山青，云南省祥云县人，云南省作家协会会员。出版散文集《云南源》，诗集《仰望苍生》《五彩云》《放出捏着的阳光》，中英双语诗集《爱在岁岁轮回》。《仰望苍生》《五彩云》入选中国诗歌万里行"新诗百年千家诗集"收藏项目。作品入选《每日一诗》《中国当代优秀诗选》《中国年度优秀诗选》《中国诗歌年度排行榜》《苏菲译·世界诗歌年鉴 2021》。作品获第二十届黎巴嫩国际文学奖创意奖、首届紫荆花（香港）诗歌奖暨全球抗疫诗歌公益大赛一等奖、《诗刊》社伊春生态杯全国大赛奖、郭小川诗歌奖等奖项。作品被翻译成英语和意大利、荷兰、希腊等多国语言并在当地被诗人推介。2019 年应邀参加中国诗人艺术家团体赴俄罗斯出席莱蒙托夫国际诗歌节暨俄中诗歌高峰论坛。

目录

二月：走出腊月，遇见春天

三月：涌起动情生爱大潮

四月：过往的春天，笑过，哭过

五月：诗句有些偏心的疼爱

六月：捧着童心，情爱热烈如火

七月：这些热烈情诗关系你

八月：夏末秋初热情不走样

九月：情感大潮弥漫阳历九月

十月：感情跟秋韵一起色彩斑斓

十一月：燃烧冬天的精神

十二月：穿越第十二个月的情思

为守望白云的爱情，化身为永恒的青山

——茶山青诗集《爱情坦白》阅读印象

谭五昌

2010 年夏天，云南大理诗人茶山青来到北京，通过在京一位青年诗人的引荐，特意登门拜访我，并带来了他的一沓诗稿，恳求我过目指正，言说他最近准备出版一部他本人十分看重的爱情诗集，并表示他不远千里来到北京，就是希望我百忙之中抽空为他即将正式出版的这本爱情诗集写一篇序言，序言无论短长他都将非常珍视。面对他的纯朴、热情与执着的真诚，我实在找不到拒绝的理由，于是答应为他即将面世的诗集写篇短序。但因为我本人非常繁忙，一篇短序也是一拖再拖，拖了大半年多时间了，其间茶山青也多次委婉地提醒过我，直到前些日子茶山青告诉我出版社要出版他的诗集了，并在等我的序言，我这才把手头别的工作暂时放下，认真阅读了他这部名为《爱情坦白》的厚厚的爱情诗集，头脑中对这部爱情诗集有了一个整体的印象与感知。

在此插叙几句话，初识茶山青的时候，我以为这是他的笔名，并感觉这个笔名充满优美的诗意，很符合南方诗人的形象。没想到，茶山青是他的真名，这让我有些出乎意料，并当面夸奖他注定是个诗人，因为他的名字就是一首极为精短而又形象鲜明、动人的抒情诗。直至我陆续把他的诗集《爱情坦白》中数量众多的爱情诗作浏览通读完毕，我更加从内心认定茶山青是一位心灵意义上的诗人，也就是说，茶山青即使不创作诗歌作品，他也称得上是一位诗人，因为他的心灵与灵魂本身充满诗意，或者说，茶山青有一颗诗化的心灵与灵魂。他所创作的诗歌作品，只是让他心灵与灵魂深处的诗意获得一种外化的形式而已。

"诗是强烈情感的自然流露。在平静中回忆起来的情感。诗人沉思这种情感直到一种反应使平静逐渐消逝，就有一种与诗人所沉思的情感相似的情感逐渐发生，确实存在于诗人的心中。一篇成功的诗作一般都是从这种心境开始的。"这是英国湖畔派诗人华兹华斯的一段诗歌名言。当我通读完诗人茶山青的诗集《爱情坦白》后，我不禁联想起了华兹华斯关于诗歌与情感关系的这段名言，换句话说，茶山青的爱情诗集，是对华兹华斯这段名言的生动阐释。因为，茶山青的爱情诗篇整体上是从一种审美回忆的角度去表达他的爱情诉求、去呈现他的爱情经验的。它们很少有大波大浪的情感起伏，也不用如泣如诉的悲情表达来引人注目，而是一种相对平淡、节制、宁静而温柔的情感流露。

如同茶山青诗集《爱情坦白》一书的书名所展现的那样，这部爱情诗集给我最深的印象就是诗人情感的真实、真诚与真率。围绕着这一个"真"字，诗人对于爱情展开了不同层面的想象与倾诉。一句话，茶山青诗集《爱情坦白》的最动人之处便在于诗人丰富的爱情想象中始终贯穿着一个"真"字。从这个角度而言，诗题"坦白"二字引人入胜，这位真诚、质朴的诗人会向读者们坦白些什么呢？

从茶山青诗集中的大量爱情诗作中可以概括出来，诗人在爱情面前所"坦白"的就是他本人对于爱情的追求、渴望、赞美、憧憬与想象。在这本诗集中，爱情是诗人最为强烈的写作动机，也是他的创作目标之所在。因而，与"真"相对应，"情"也是这本诗集最为重要的表现内容。茶山青对于男女之间的爱情诉求整体上达到了真诚动人的境地。例如，诗人在诗作《幸福，从今天开始》中如此表达其爱情诉求：

从今往后我活在幸福里

追随我的爱我的情

我人在幸福路上一路愉快

浮光掠影，挥去

尾随的，迎面而来的

亲爱的，你来，就你来

我内心才会扯亮闪电

双眼才会乍放惊喜涟漪

你飘然而至相依相随

我感觉，我是出山的太阳

你就是身边热情燃烧的一朵云

从中可以看出，诗人对于美好爱情的真诚诉求与其丰富、动人的爱情想象有机地结合在一起，达到水乳交融的状态。这样的例子在诗集中可以说几乎比比皆是。我们再来看这样的诗句："亲爱的，我跟现在开花的树木／不是笑傲寒冬的红梅英雄／有点温暖就行就满足／有一点温暖就心花怒放就脸红"（《有些树木心不厚，脸皮薄，像我》）。在这首诗中，诗人巧妙选取了"树木"这个意象进行自喻，通过意象与抒情的有机结合来表达诗人的爱情体验，这在茶山青笔下的爱情书写中较具普遍性。例如，茶山青在《你是正在绽放的花朵》一诗中如此写道："亲爱的，你是正在绽放的花朵／夜晚，我做一滴露珠／泊在你心窝"。通过出色的联想、美妙的意象来表达诗人对于爱人的无限深情，令人印象深刻。

在茶山青以第一人称的独白手法所创作的大量爱情诗篇中，他自我塑造了一位多情的爱情诗人的艺术形象。其中，《我是青山，你是白云》是最为典型的诗人精神自画像的抒情（爱情）诗篇，我们来看其中的精彩片段：

姓名里，我名青山，你叫白云
是我青山上绽放的雪莲
叫我这样想这样下决心
今生今世，我做坚定不移的山
高大，挺拔，正气，长青
你做白云，美如绽放的雪莲
柔和，温润，白美，浪漫
早晚依在山巅，恋在山之情怀

在这里，诗人通过"青山"的自我想象与"白云"的爱情想象，完成了爱情领域的自我与他者的形象定位，由此凸显了茶山青带有南国色彩的浪漫多情的爱情诗人的艺术形象，在很大程度上，茶山青爱情诗创作的主要价值由此得以集中彰显。

茶山青本质上是一位本能性的抒情诗人，因此，他的抒情诗（爱情诗）创作几乎达到了触目皆是、无所不包的地步。一般而言，茶山青的每一首爱情诗都是他的一段真实生命经历的记录，都能找到具体的背景与来源，充满大量真实的生活细节与生命细节，比如《祝福你，生日快乐》《约她吃饭，别吃世上最好的》《来了，年的韵味，春的景象》等诗作，诗人善于以细腻精微的感觉捕捉诗意，从生活细节中提炼爱的情感体验。不仅如此，甚至诗人在旅游题材与怀古题材的表现中，常常也将爱情作为最高的或者说最重要的主题加以呈现与张扬，例如，诗人在《游览南涧土林，最终还是想到你》一诗中这样写道："我是土著民族后裔 / 你不是，亲爱的 / 滚滚过去的两三千年 / 你的祖先，你表妹的祖先 / 发动一次次南征 / 那庄蹻入滇 / 大汉开疆拓土，设郡置县 / 诸葛亮七擒孟获 / 大唐天宝战争 / 忽必烈长鞭 / 南京应天府三十万大军南征……"诗人由"南涧土林"引发对历史的回味与思考，在无情的历史面前诗人颇为感慨、叹息，字里行间似乎多了几分理性与清醒。一个个历史事件构成宏伟的场面，似乎是要表达诗人对于历史的某种认知，然而到了诗的结尾，诗人这样写道："不像你的祖先征战我的祖先 / 你给一个眼神一个微笑 / 就紧跟你走进一个个春天"。原来千回百转之后，诗人还是回归内心的倾诉与抒情对象——"你"，诗人与历史的精神对话，最终变成了诗人对于恋人的心灵独白，通过对历史的回顾来表达诗人对于爱情的高度情感认同，由此诗人将爱情的价值上升到一个空前的精神高度。

需要一提的是，茶山青的情爱对象并不仅仅局限于具体的男女之间，它还常常延伸至亲朋好友以及自然山水领域，由此使得诗人笔下的爱情具有博爱的特质。比如，在《若真能遇见，不怕，我愿遇见》一诗中，诗人这样写道："亲爱的……你我都是最有感情的人 / 走了的好友亲人恩人 / 若还会在梦境外出现 / 让你我看见听见 / 汗毛不会在惊叫中耸起……"这是一首悼念亲人好友的抒情诗，表现了诗人对生命、对岁月和对往昔美好情感的追忆。它在内容上是具体的，亲人好友在梦中可触可见，诗人心间流淌的思念只能通过"梦"来传达，他告诉爱人"不要害怕"，这其中带有几分虚无缥缈的浪漫色彩。在这里，诗人对于好友亲人的思念之情与对于爱人的温柔情感融合在一起，展示出情感的厚度。另外，诗人还常常把他对于名胜景物的欣赏与热爱情感，与他对于心目中理想爱人的深厚情感融合在一起。例如，在《攀枝花，我在花蕊里沉醉过》一诗中，诗人先是说道："攀枝花，不仅是花名，还是花城美名 / 随便喊一声，就芬芳浩荡千里 / 花城崛起在攀枝花开的峡谷……"诗人描写攀枝花这座城市时，展示出了对于攀枝花作为一种花卉的颇为出众的语言想象力。在诗的最后，诗人说道："你若是来了，时不时会感受 / 一朵红艳飞落怀中的惊讶 / 心掉进花蕊，想不融化，由不得自己"。在这首诗里，不但传达出诗人对生活与自然的热爱情感，也传达出诗人对于爱情与爱人的念念不忘，从而使诗人美好、丰富的情感体验得到了完美的融合与展现。

与诗人纯朴、真挚、深沉的情感表达相对应，茶山青的诗歌语言风格整体上是自然、洒脱、朴实的，其语言是生活化的，甚至是接近口语的，不事雕琢的，就茶山青的诗歌创作风格而言，这并不影响其审美效果，某种程度上，反而为其诗歌增添了几分别样的精气神。这让他的诗作显得干净纯粹、清澈脱俗。字与字、句与句、行与行之间毫无违和感，读起来感觉亲切而流畅。茶山青的大多数诗篇感情质朴真诚，丰富饱满，爱情想象丰富多姿。诗人有意采用心灵独白手法，"亲爱的"这个称呼贯穿整部诗集，从诗集名称和诗人叙述的口吻来看，"亲爱的"明显是指诗人内心挚爱的理想化的恋人。不过，诗人并不完全对于"亲爱的"表达自己的爱情诉求，也就是说，诗人诉说爱情而不拘泥于爱情本身。花草树木、山岳海洋、星空四季、人文历史等无不在诗人笔下出现。诗人正是以"亲爱的"为倾听对象，超越时间和空间的界限将一切存在物尽收笔下，把情景交融、寓情于景、托物言志的艺术手法发挥得颇为充分。简单说来，茶山青的诗集《爱情坦白》是一部表达大爱情感的抒情诗集，表达了诗人对于生命与世界本身的热爱态度。

　　某种意义上，茶山青属于汪国真一类的流行性诗人，他的情诗以大众读者为主要阅读与接受对象，因此，茶山青满足于自身情感明白易懂、自然流畅的表达状态，满足于大众读者的情感共鸣与文化认同。说得更直接一些，内心情感丰富的诗人茶山青只是追求对于自身情感的本能性的急切言说与表达，而不追求诗作所表达的情感经验的深度与思想高度。所以有时我们可以看到，在茶山青的一些诗作中，出现语言表达不够精准的情形。这可能不是诗人要关注的重点了。在茶山青数量不菲的情爱诗篇中，我们感受的只是诗人内心深处那种浓得化不开的情爱诉求，与诗人无比热切的情爱表达欲望（如《大理遍地都是美丽的诗》《容纳你，毫无顾忌》等诗作）。如果我们从流行诗歌与诗歌大众化的角度来看，茶山青的诗集《爱情坦白》绝对具有其独特的价值，因为它能够让我们感受到爱情对于每一个人的心灵所具有的情感滋润作用，感受到爱情本身的美好与迷人。在此，我衷心祝贺诗人茶山青的诗集《爱情坦白》即将面世，为广大读者带来一道大理风光一样美丽璀璨的爱情景观！

　　是为序。

2020 年 4 月 6 日，写于北京京师园

一月：

新年的感情是第一鲜美的

跟着春天走

生命里有你，真好
血，一天天热了
心，一天天暖了
气色，一天天红润了
故事，一天天精彩了

我是怕阴怕冷的人
你给我阳光
我就灿烂
你给我微笑
我就大胆走出冬天
做走运幸福人
生活在冰雪消融
草长莺飞
和风吹开百花的春天
我是一个微小世界
遇上点滴雨露
就活得滋润
就会生长一片绿洲
升腾一团紫气
就会过得风光神气

我是知恩感恩的人
我随时准备着
把今生今世交给你

交给你，跟你走

想拿今生今世报答你

结果幸福还是我

跟你走，走，走

你阳光，你温润

流光溢彩，四季花开

远离冬天一年又一年

2017.1.1

行走新年的幸福快乐

生命没有停在去年

行走中见新一年新鲜阳光

蓝天，云朵，雨点

山川田园

城市高楼大厦大街

大千世界，感觉幸福快乐

见父母，兄弟，姐妹

老婆，儿女

姑妈，小姨，老舅

漂亮女友，帅哥

同事，同学，同乡，同志

感觉幸福快乐

呼吸着新年新鲜空气

传送着祝福

喝着新年开封的美酒

唱着新歌跳着新舞

感觉幸福快乐

起步朝着新一年新目标走

感觉幸福快乐

不愉快的往事尾气甩在去年

旧伤口开出新花朵

让过去的怨气

来到新年是祥和紫气

包容万象大气，向前勇气

感觉幸福快乐

去年的敌人转身合作

助推幸福快乐走

去年的幸福快乐来今年

来繁衍万万千千幸福快乐

2019.1.1

元　旦

亲爱的，昨天那轮太阳
是去年最美结果
年年日子一天一天翻出来过
翻到最后一天
你我走过最后一个白天
它卧在西山顶上
红红大大圆圆地释放光彩
周边的朵朵云霞
全是朝拜的红花热烈盛开着

亲爱的，早晨从沉醉中醒来
去年那颗红结果
又是新鲜朝阳踊跃出山
又是你我新起点
你我的去年，不同往年
年头你我对视一眼
不约而同碰电
你跑进我心，我跑进你心
一个把一个心田
从头至尾深耕细作一遍
你的心，我的心
疯长过初恋热恋
各自都划分出两块田
甜一块栽甘蔗
苦一块疯长牵牵挂挂常青藤

亲爱的，你我今年不同往年
你我从火红起点出发
向前，一路阳光春风
一路锦绣，热热烈烈地走红
火红的爱，火红的情
燃烧红红火火生活
炼，炼一锭你我传世爱情

2011.1.1

幸福，从今天开始

不同以往的日子从今天开始
从今往后你我比翼双飞
相依相随，肝胆相照
无论刮不刮大风下不下大雨

这是亲爱的上九天下四海
捧来的心灵真情
如一把熊熊燃烧烈火
投入我生命
点燃我青春激情
如一股呼啦啦响亮春风
注入我的每个细胞
让我彰显青春蓬勃活力

从今往后我活在幸福里
追随我的爱我的情
我人在幸福路上一路愉快
浮光掠影，挥去
尾随的，迎面而来的
亲爱的，你来，就你来
我内心才会扯亮闪电
双眼才会乍放惊喜涟漪
你飘然而至相依相随
我感觉，我是出山的太阳
你就是身边热情燃烧的一朵云

2012.1.1

新年的第一缕晨曦送给你

亲爱的，等太阳出来太晚
启明星还未拉开窗帘
我就动身，不顾霜雪冷酷面孔
去迎接新一年第一天
我跑得比平时跟时间赛跑快
风还没有追上来
就第一个跑进孕育旭日东方
我不去抢功名头彩
路过大雪覆盖的丘陵山地
大地报春朵朵灼热血花
正在白雪之中绽放鲜艳红梅
这，我也不采，你不要
我是去采新一年第一缕晨曦
采来给从今往后相随相依的你

新一年的第一缕晨曦最精彩
新一年的第一股天地神气、灵气
谁把握，谁有最美神韵
最蓬勃的生命活力
这是天地隐藏的秘密，亲爱的

2013.1.1

你是我生命里最美的春天

你来，或者我回到你的身边
生活都会翻天覆地
我就生活在富有的幸福里
我的时光，分分秒秒
就是灿烂开心的太阳花
你不来，我也没有回到你身边
收到你的短信微信
接着你的电话你的视频
心里也会漾起一波波幸福甜蜜
我的这种幸福咋个样
盘点出来，老天也是羡慕的

第一，腊月是最冷最冷的
你来，就有春暖花开
我回到你身边
就回到风和日丽春天里
你，是我生命里的最美春天

第二，无论春夏秋冬
在外面碰上的一些脸嘴
不是雪原，就是冰窟
往来的电话短信
不带暖气，不带鸟语花香
只有见你，听见你说话
才见到春阳笑脸
太阳花开心，春风喜气

接到你的短信或微信
或电话，或视频
才有置身春讯的那种高兴

第三，冬天最冷的腊月
也会碰上热情笑脸
我心明眼亮，雾里看花分明
哪些内心还比腊月冷
哪些是皮笑肉不笑面具
我不上当，我护住良心
我没有回到你那边
也要等你来到我这边
体会最美春天那些温柔甜蜜

盘点出这些我欢呼我跳跃
怪不得我今生迷恋你
你的世界是我幸福家园
你，是我生命里最美的春天

2015.1.1

心有热心太阳，何惧小寒大寒

天气最冷，立春前面那些天

小寒大寒，寒流汹涌

在数九寒天泛滥二十八九

数九寒天，冬至开始

走一九，一个二个缩脚缩手

走二九三九，走在小寒

连打几个寒战

不怕冷风刺骨，就怕寒气入髓

走四九，冻死鸡狗

人在大寒哈气，落地成霜

西北东北留客

喝烈酒，春天开门才放心放走

亲爱的，别说一九二九三四九

更别说其中小寒大寒

这些年来，一立冬

我就扒开良心给你定心

过冬，有我温暖你

我若不拿燃烧冬天的精神

做你燃烧冬天一把火

就做贴心贴身温暖

拿一身热量温暖你整个冬天

来到小寒大寒

就给你做一轮加热太阳

让你做个幸福女人

把冬天过成一段醉美温馨时光

亲爱的，小寒大寒日子

早晚我倍加用心

陪你穿着温暖走路聊天

心语让冷寒遇上温暖

你我双脚越走越暖

走过的路，踏出许多温暖

昨天小寒我走得急

转身猛然不见你，跺一脚

再跺一脚，跺通一个地洞

摸一把心跳急促胸口

滚烫，想起是你在心上

恍然明白这些年

我一身热量，有你光热

你就是我的热心太阳

心有你，更有热量

何惧小寒大寒相继泛滥严寒

2019.1.14

那片有情于你我大家的树林

看去看来就看透那大片树林

对你对我对大家有情

盛夏遮天蔽日

给你给我给过往行人绿荫

既挡雨，也纳凉

隆冬还跟霜跟雪抗拒

血性涌上片片叶子

蹿腾起朵朵火苗

决心燃烧高天滚滚寒流

坚持到红叶燃烧干净

站在小寒大寒早晨

依然毫不气馁傲视寒天

主干分支细节

全是傲骨，扬权

千树万树千权头万权头

都一个方向怒指苍凉

有跑到林间湿漉漉冷阴阴的雾

欲落不落的云

就毫不客气一缕一团叉起来

高高举过自己头顶

晾晒在太阳下的空中

也让光杆杆光枝枝林下林间

多些空隙多些透明

让走进林间的你我大家

透过眼前现象

远远望见前途一线线光明

2020.1.14

行走人生，就是三个晃

才见哭喊着出生，才见会笑
会翻身会坐会遍地爬
就站起来晃晃荡荡地走
喊着我是大人，我是大人
这一晃果真就长大
出落成鲜艳的花
叫阳光想泊在蕊的宫殿
叫月亮想落入笑靥
叫有梦的小男人大男人
白天看见还想夜梦见
叫不会做梦的男人
白天见过就痴心妄想
想双手拉长白天
不想夜里望着屋顶干瞪眼
才见欢天喜地敬喜酒
红浆紫液晃晃荡荡
就是雪落头顶梯田满脸
还见晃晃荡荡广场舞
或牵着孙孙晃晃荡荡地走
这一晃若晃过去
就叫人心疼得不敢再去多想

人生就是三个晃，三个晃
前脚跨进春暖花开
后脚踏出秋天
就面向冰天雪地冬眠

想做什么抓紧做

亲爱的，一切趁年轻

莫等来日方长

过了三晃，想做就做不成

人生三个晃

走不出苍天两只眼

白天夜晚睁一只闭一只

晚上那一只

你辉煌，它圆它雪亮

你暗淡，无精打采

它就眯成小瞧你的一条缝

而且还会缩得越来越小

2019.1.8

你是天上绽放的红梅

我百倍喜欢的红梅，漫天飞雪
是你花开时节
春风春雨追随春阳日月
万紫千红争奇斗艳满山遍野
我明白，春暖花开世界
是你的余韵弥漫开来的热血

亲爱的，我疼爱万分的你
我内心非常明白
你是名叫朝霞那种云
那年那月那日出生的你
是天上绽放的红梅
更是天燃放的一把火
蔓延在东方地平线
燃烧一场皑皑白雪
招展一片万紫千红春色
走进春暖人间好日子
你做万花丛中一朵女人花
做我热爱一辈子红梅
你我一见钟情日
你两颊涌现潮红，我沸腾热血

2018.1.18

百年之后，请解剖我头颅

亲爱的，打个鸡眨眼也有梦

睡一夜有一夜梦

梦醒，活在追梦中

入梦就见你

见你，比醒着见的时候多

醒着不能时时在一起

入梦，想在一起在一起

想拾开摆开生活

就拾开摆开宽松舒畅生活

醒着生活一百年

梦中生活一百年

两眼拉黑天空就做梦

过不做梦的人没有的梦生活

亲爱的，百年之后无顾忌

我愿意交出头颅

让研究头脑的人解剖

剖小脑，瞧没做完的梦

剖大脑，切片看憋死的梦

造成多少脑梗阻

最大愿望请挑破一个谜

梦的世界到底多辽阔

最小愿望请剥离醉生梦死

公布梦死真情

我一辈子为爱生为情死

我的爱梦情梦

全是一园果实累累水蜜桃

2019.1.10

如果真能遇见，不怕，我愿遇见

亲爱的，过世的好友亲人恩人
不会在梦境外出现
日子过到翻新翻新又翻新
翻新到一场飞雪大白天下份上
有人还是心怀阴影疑点
心生暗鬼，怕，怕
怕过世的好友亲人恩人
在路过他（她）坐过
睡过走过玩过某个地方
猛然明明白白或影影绰绰出现
或猛然听见生前那种
笑声、歌声、哭声、骂声
说话声、喊声、喘息声
喝水声、嚼东西声、咽口水声
或走路跑步踢踏踢踏声
干活弄出这样那样物质反应声

亲爱的，你我都是明白人
过世的好友亲人恩人
不会在梦境外出现
你我都是最有感情的人
走了的好友亲人恩人
若能还会在梦境外出现
让你让我看见听见
汗毛不会在惊叫中耸起
冷汗不会冒出骨髓

反而很喜欢很愿意遇见

即使模样已经走样

那样的话，会少淌许多泪水

他（她）没有彻底灭亡

还有形影在世上亲近地方

如果遇上豺狼悍匪

遇上活着害你害我死鬼

他（她）还会跑来搭救

两声吼叫是雷神

几个箭步形影就是群发闪电

2019.1.12

这些滇橄榄，你我前因后果

你读我的诗，我品你的果

你捧读我的这首诗
跟我品尝你的滇橄榄
没什么两样
动嘴，满口酸酸的
咽咽口水
却是甘甜绵长
沁心，润肺
你开口咬文嚼字
咬嚼出我暗藏的心恋
我细嚼慢咽
领会你我前因后果
你感觉，我感觉
内在滋味
半是酸，半是甜
酸酸甜甜，味蕾上回旋

春上我来看过你

春天，我丢开一座座山
跑来，石板箐背阴
向阳坡向阳
坡上头顶太阳光环的你
向我花枝招展

花是一粒粒阳光闪烁

是一枝枝细花金穗

我冲着你上山

跟你漫步一片金色中央

走到各回各家路口

我走，你留

我说给你一句热腾腾心语

你还没来得及收听

就被春风吹落

让心语掉进起潮花海

美的前因，好的后果

秋后我来喊出一声声亲

喊酸甜不赢的亲

别人不知道

亲，你自心明白秘密

谈情说爱

就是一场授粉花事

春天我落下的心语是种

埋进花潮幸福生活

黑夜埋过我两万三千次

别人埋过我若干次

我都活回来

它们不知道我就是一粒种

埋下会生长的

这次春上埋的种

早就有结果

结满坡情人果

你给我捧来这一捧

颗颗不用挑

粒粒圆润，宛如翡翠

有你暖暖温情

跟我的诗句

同出一条光鲜流芳道路

2020.1.12

过大寒，我就这样生活态度

年复一年轮流过来的大寒
都见一群冷艳炫目雪狐
刮着飕飕大风冲来
落下毛茸茸铺天盖地白色
就急匆匆跑过去
都见接踵而来十五天
摇一条二十四节令的寒尾

大寒是一年最冷时节开始
未来半个月亮十五天
是年内最冷时节
也是春天最近距离
天，就隔一层冰
地，就隔一层白霜或白雪
不过，别以为春天已近
就忙着脱下冬袄
换上长裙短裙
亮相动（冻）人美丽
那样，来几个喷嚏
别人欢度春节，你不安逸

最冷时节，也别太害怕
在你思想空地
我会倾倒满腔热情
放纵一把大火大烧十五天
把冰天烧开一片

让蒙蔽的太阳出来

把地上霜雪烧成春江水

叫土地不冻不寒

让花花草草涌现出来

那时你我继续上前

脚踏春风的春天

不用喊，会迎面走过来

2020.1.17

爱，当然爱到完全彻底

爱，就一竿子插到底

像春阳贯彻光芒

慷慨，一直飙到位

热烈，通透，不留余地

跟及时春雨一样

让开心的幸福

总是在渴望中来临

春雨，春雨知情

来一场场滋润

叫激活的灵魂激荡

呈现喷发形势

春色的风刮起春色大潮

春情就脱缰奔跑

声声欢叫，桃红柳绿

春雨，春雨

有你的时光，极乐无比

爱，当然这样好

爱到完全彻底

你向我敞开爱心

我回报你爱情

当然是排山倒海的春情

2013.1.25

攀枝花，我在花蕊里沉醉过

滇川之间奔腾的金沙流水

是落地的一条闪电穿行峡谷的江

攀枝花，不仅是花名，还是花城美名

随便喊一声，就芬芳浩荡千里

花城崛起在攀枝花开的峡谷

城在花潮里，花开城市里

那段金沙江，那条长街大道

亲爱的，就是热情回荡的热心肠

来花城遇见攀枝花开，大开的眼孔

流出骨子深处醒来的惊喜

有一副热心肠的花城冬天温暖

让远方而来的人满眼春天

攀枝花的春天不容易凋谢

花城百花盛开，攀枝花最抢眼

疑惑炼钢火花飞上万千枝头

来花城看攀枝花开，要仰望

攀枝花是英雄花

攀枝花开惊艳，高洁，优雅

攀枝花开引燃三线建设万千想念

崛起的花城，高举千杯万盏

亲爱的，请二月来看攀枝花

攀枝花的美，你十有八九会沉醉

你若放手二月攀枝花，会后悔

你若是来了，时不时会感受

一朵红艳飞落怀中的惊讶

心掉进花蕊，想不融化，由不得自己

2019.1.27

对你的恨，是爱的反映

对你的恨，是爱的反映
亲爱的，爱你爱得深
有时候你耍小脾气
搞恶作剧，在外边喝酒
伤我的心，就恨你
没有爱的关系、爱得深的原因
就不会恨你
对我，没有爱，没有情
你的表现就没意义
你和别人喝酒
就跟我没一丁点关系
恨你的时候
我的脸嘴是冷硬铜墙铁壁
却挡不住你反攻的柔情
你回眸一笑，就土崩瓦解
你撒一撒娇
就化作春水里的一摊春泥
哈哈，恨你的时候
就是我最想你的时候
这就是有恨的爱
有怨的情，戏剧性的爱情

2018.1.27

口是心非的种种爱恨

嘴上说恨，说恨得咬牙切齿

却爱得刻骨铭心

嘴上说不想见不再见

却来了又来

来，还紧紧黏着，不想离去

嘴上说懒得理，不再理

见面却欢天喜地

嘴上说打两拳才解恨

展开双臂却满怀激动柔情

亲爱的，你就是这样一个人

甜而不腻，活泼幽默

别说我一个大活人喜爱

连你坐过的石头也风生春趣

2018.1.27

红梅花开一样的生日

红梅盛开一样的女子
今天我只祝福你
避开世上也在期望的双眼
祝你生日快乐
那年那月这一天
世界有你开始更温馨更美丽
你像红梅开在世人眼里

阳光冰凉冰凉的一个个日子
挺美的树，冻不僵血脉
没一片叶子遮蔽
临风笑傲一场场霜雪
高昂铮铮筋骨
直指苍天的枝头红蕾怒放
是林中最明艳红梅
红梅从枝节骨血里盛开
在坚韧劲头之上
是燃烧的朵朵热血
热血燃烧的火焰
开温暖冬腊月的最美花朵

今天过生日的红颜女子
红梅花开一样
那年那月这一天
有你的世界
多怀抱一个希望

你不负众望不负光阴
生长日益美丽
高举一份份大红喜报
温暖着亲人众人心

你最开心那天，红梅最艳
爱人向你奔来
迎头撞上热闹非凡的春

2019.1.16

来了，年的韵味，春的景象

过了小寒大寒，亲爱的
小年北，小年南
三步两步跑来
年味急匆匆弥漫过来
你心里就有春潮
春节就不远
不隔九座山八道水
只隔一堵玻璃墙
像你我喊得应，看得明

春的样子，春节的样子
像你，红红火火
还在小寒大寒日子里
天板着一张冷面孔
发泄一腔情绪
向大地泼一盆大雪
或泼一盆冷水
或风言风语说些风凉话
你，毫不顾忌
穿起你爱穿的红大衣
怀揣一轮暖阳
拿出你的火暴性子
做迎春过年的事
催促我下火海
去采购一把过春节年货

年货市场红红火火的海

红红火火春联年画

红红火火中国结

中国福中国生肖图

红红火火灯笼

红红火火烟花爆竹

红红火火鸡鸭鱼肉市场

糖果年糕市场……

亲爱的，这些年

离过年十天半月一月

年味就四处热烈飘香

春节的整个样子

就被你被我被大家

在家在外弄个红红火火

2019.1.23

滇西有片流光溢彩的云

白天悬荡在太阳唇边流光溢彩
跟随时令，更新一地霓裳
夜晚追月，追，跑进长安一个梦魇
牵出一条追踪的万里缰绳
吉祥日子，定影大汉
做一片毫不犹豫的七彩祥云
彩云之乡，美名云南
名从县从郡从滇西之东覆盖全滇
像彩云覆盖的山河盆地
藏金埋银，还是一盘五千里彩玉

彩云之下，退隐山林的蜀身毒道
刮风，还是一腔回肠荡气
云南城收储的七彩祥云
驮队带走一匹一匹又一匹
就是东南亚爱不释手的七彩丝绸
东进西出的茶马古道
煮沸云南驿烘烤的普洱绿茶
香气一波连一波，延绵千里万里
好茶，好香……万水千山喝彩
赞赏声里，日新月异
公路，铁路，车水马龙
汉族彝族白族回族苗族傈僳族
俊美，尽显湖光山色
水库海塘星罗棋布，养人
水目山天峰山天华山清华洞……

住着菩萨神仙，从来不用奔忙

亲爱的，走进七彩祥云的人群
来了，就有人不再走出去
你是七彩祥云的一代小公主
遇上你，我开工厂开公司开商场
依恋你，谁也喊不走我的心

2019.1.24

准备捧着一轮圆月去过年

离过年只有几天了
准备充分了吗，亲爱的
大年三十这头没月亮
大年初一那头没月亮
你我必须捧着一轮圆月去
才能过上一个幸福年

准备好吃的穿的玩的
只是半个月亮
不圆满，不行
到时候欠缺大，不幸福

年前先把思想理一理
然后一一抽出来
该搓条的搓条
该搓圆的就搓圆
不要留死角
不要留下七尖八角

留着死角过年不舒服
吃鱼，卡刺；吃饭
噎着；喝汤，也呛着
下肚的牛羊肉
会梗着，吵闹着
只因情未了，牵牵挂挂
心，困在刺笆窝

该慰问的，要慰问
该还债的还债，不能拖

情有棱角的年前要削平
肝火旺的要泻火
不然，兄弟姊妹在一起
没高兴三分钟
就七扯八拽，叽里咕噜

2019.1.28

云，你在哪里

日子翻过来晴空万里
翻过去万里晴空
太阳满天遍地灿烂
目光扫过的地方
天边的地平线
着了火一样
有腾腾嚣张气焰
眼前十万田野千万叶片
像我收缩在陶罐里的心
卷成发抖的一团团

天上的云跑到哪里去
心上的云你在哪里
想你，盼望你
给你发短信
全是条条泥牛过河入海
给你打电话
也是电话提示语音
不说所拨打的用户关机
就说不在服务区

不在服务区，等你还有指望
关机，就是停电的黑夜
没法找你
关机，你关闭自己
我没主意，我两眼墨黑

不知道你在哪里

我心情沮丧

面色一天比一天憔悴

问云在哪里

渴望的土地在大眼小眼远眺你

2018.1.30

活在你下落不明日子里

空白时光太长
空白连空白
想见你，数不清的日子见不着你形影

这种情况叫人很茫然
你的心跳动在哪里
情况不明
着急的我坠入迷迷糊糊疑惑
总觉得你心灵封闭在前世城堡中
不然，向你发的短信
咋个都夭折在城堡下，条条散魂
向你打的电话
似发出的箭
都隔离在城堡外
嘭嘭敲打紧闭的城堡大门，声声紧急

城堡内的灯火反映在天上
一晚连一晚，彻夜闪闪烁烁
城堡深处的你听不见
关在城堡外面的我
抛在荒野的我
黑夜覆盖田野覆盖的我
敲响的城堡大门声，彻夜响个不息

2018.1.30

走出寒冬继续遭遇云的冷落

虽然已经走出寒冬
我依然继续遭遇腊月冷冻

云，早年过冬你跟我最贴近
让我度过的冬天有温有润

两三年前的几个寒冬里你失常
我遭遇冷冻心最寒
是情感冷冻
云，你从远方迎面飘然而至
本来就偶然
就是我已久的期盼
可你不留步
来了又跟随寒风嘻嘻哈哈离去
给我一场空喜欢
完全不知道我
受了从来没有受过的那种冷落刺激

接下来情况很糟糕，你不知情
我的心跳在干燥寒冷里
给你发信，给你电话
盼望你返照我冷冻的心窝
却整天整天都没反应，都没回应

呜，呜呜……呜，呜呜……

云，这不是风的呼啸
是遭遇冷落的心
在难过时光里呼唤你，等候你
等你来降一场雨
温润温润干裂的心，冻裂的心

2018.1.30

跨入春天，就在活跃中年轻起来

亲爱的，你留给我一点空间

我抽一缕情丝

给朋友的母亲写首小诗

朋友托一颗孝心

高明在于给母亲生日献礼

朋友牵牵手我写

写出来就沾上浓浓年味

音韵在年关口

就有一个放不下思想

愿天下在世父母

沿着我诗中一条思路走

个个安康长寿

跨过年关，进入又一个春天

挺直腰，抬起头

放开萎缩大寒的缩手缩脚

在活跃中年轻起来

大家普调年龄

往年，人人增加一岁

现在都往下减

往下减八九个十个春秋

包括你我，亲爱的

年轻人换下皮袄羽绒服

更年轻，特别女性

轻松一转身

就是春风拂荡新柳潇洒飘逸

亲爱的，我年轻起来

你会更加年轻

因你是一个会修炼的小妖精

2020.1.21

热爱这个色，因为家国因为你

来到冬季总是想着这个色
想着，心暖暖的
这个色，是生来第一热爱的

热爱这个色，成堆的原因
都是因为家国因为你

见识这个色，从火见识
是灶内潜伏的热色
柴灰包不住炭心
透露活着的红色信息
吹上两口气
就是脱离灰烬的红
热爱发生在童年冬夜
知道火塘亲热
夜来面向一朵欢跳红色

见识这个色，从喜报见识
在村子一条路营心
公社东南西北四条街心
红红喜报喜气洋洋
送喜报的队伍敲锣打鼓
人在喜报光彩
我知道红红笑脸热热的
知道报喜的人光荣
红色喜报开始贴进少年心

见识这个色，从对联见识

红红对联贴上门两边

红红鞭炮炸响

就坐在绿松毛上吃肉过年

平时生活勤俭

过了年，又盼望过年

心上不褪色的是门边对联红

见识这个色，从旗帜见识

迎面金色火炬旗帜

金色五星旗帜

金色铁锤镰刀旗帜……

高扬一团团激荡红心红色

先烈血染的风采

红领巾是红旗一角

戴上红领巾跑

追着旗帜前进，一路走红

见识这个色，从红颜见识

你就是一朵红颜桃花

绽放在我青春期

桃花，童年少年没见过

人们都在乎庄稼

不在意花红

也忙不赢仰望云霞燃烧

村前村后种粮

田边路边没有花草生长余地

如今我爱你爱桃花

你红颜不老，红红桃色光鲜

亲爱的，我热爱这个色

历来是条红线

贯穿家、国，国、家

历来是我命脉

鲜活在我热爱的热腾红色

2020.1.6

二月：走出腊月，遇见春天

走出腊月，遇见春天

走出腊月，明媚心眼光照区
首先有一个两个芽苞
听见春的风吹草动
就性急急地探头探脑出来
在枝头舒筋活络
开放早晨八九点钟太阳
那种嫩黄色彩叶片
紧接着是照见绿浪赶潮
成群结队的芽苞
满天下树木的芽苞
都争先恐后地抢着涌现
其中有我喜爱的那一个
起初是一个两个花苞
听见春雷滚动春雨来临
就赶紧率先抛头露面
让甘露沁沁心蕊
甘霖润润腮帮水色
紧接着是照见百花赶潮
成群结队的花苞
满天下草木的花苞
在短短的几天里抢着绽放
其中有我喜爱的那一朵

天下芽苞涌现的过程
弥漫的青翠，秀色可餐
动心的我，不能自己

咬了喜爱的一口

那光鲜盈盈的姿色

淌出吸收过的阳光月光

跟翡翠酒浆一样

天下花苞绽放的过程

流露醉人娇容

红的，反映热血鲜艳

紫的，反映成熟甜蜜情感

粉的，红白交融灿烂

白的，冬雪开成千树万树梨花

黄的，金口流芳

动心的我，情不自禁

吻喜爱的一口

体会那种年纪轻轻春情

遇见春天，看的是一场唯美喜剧

开春拉开序幕

是一个又一个娇巧女子初次上场

她们步履轻盈

飘逸如云

她们羞羞答答

扬起长袖半遮脸

躲着预热轰轰烈烈局面

待到黄嘴小鸟叽叽喳喳闹春

碧翠绿浪滚滚滔天

百花红红紫紫五彩缤纷

铺天盖地

已是春的高潮

也是春在谢幕前的大合唱大亮相

2018.2.4

你来，我的春天来

亲爱的，你来，你不来
完全不一样
你来，我盼望的春天来
冷落一冬的我
抬头见你
心上跳出来的惊喜
全是满脸情不自禁的春潮

亲爱的，立春温柔的风
像你。你来
轻轻撕开冻结我的封条
让我心河欢腾起来
让我心岸的柳丝飘逸
嫩叶走向招展
走向柳絮漫天潇潇洒洒

亲爱的，立春的朝阳
像你，明媚
姿色暖暖的。你来
我阴郁寡欢一季的心头
豁然开朗灿烂
你粲然一笑
桃花灼灼绽放
你来，我盼望的春天来
寒舍不再冷锅冷灶
满屋温馨弥漫

你来打开窗子说亮话

我走出冷天的心

就是小鸟的窝

飞出的是一串欢叫

飞回的也是一串欢叫

我走出淡季的心

就是花开花香的花海

亲爱的，你来，春天来

你来和我在一起

就是春天和我在一起

你我的日子

翻滚在春风春阳里

春雷一响

春雨落地

花花绿绿传粉坐果

洞洞黄嘴小雀倾巢出动

庄稼地头布谷盘旋

声声催着春耕下种

虫儿醒来求偶

左邻右舍双双踏青恋爱

放眼世间

动情生爱的春潮随我追你

2018.2.4

从父辈手上过来的共和国及我们……

修公路铁路打水库建工厂造机械……
穿补丁加补丁衣服
白手起家，奋发图强
日子缝缝补补过
走线飞针，针脚细密
心潮一如既往，万水千山起伏

线，连着那头这头万里路线
针，穿越过去穿越过来
铁脚一样健步如飞
步步是缝合破碎山河的紧密针脚
北上，缝起雪山草地
南下，缝起江北江南
进出一九四九年十月一日
百废待兴，艰苦创业
穿补丁衣服，勒紧裤带子
给一穷二白尽情输血
流尽最后一滴血悄然离去
留下万里江山共和国，给子孙

亲爱的，这就是你我的父辈
英雄本色，贯彻一生飞扬的风采

你我是父辈得意的子女
已经不再过补了又补的日子
我们和儿女们继往开来

在春天里给祖国大胆造血

大胆裁剪一片片春光

做一套套光鲜时装

历史长河中的共和国正年轻

青春焕发，风华正茂

在太阳升起的地方

我们跟共和国齐步走

步伐矫健，衣着也风风光光

2019.2.7

除夕，给你给大家一个祈愿

从明天起，寒冷的，抖落霜雪
走进暖暖的阳光里
百花竞相开放花丛中
疼痛的，丢开输液瓶，扔掉药片
满面春光精神抖擞出发
跌倒的，哪里跌倒，哪里爬起
挺直腰杆，挺起胸脯，抬头
面带春风回荡那种笑容
大方，大胆，一股直劲向前
走老路弯路的，离开老路弯路
走一条新设计的春光大道
风风光光走来的
继续走风风光光的路，向前，向前

前面的路，又是一岁三百六十五里路
踏勘，测量，放线，开辟，铺筑
全是一流的，全是理想的
明天放心地走，面向锦绣前程
路，不弯拐，不狭窄，不坎坷，不拥挤
不杂草丛生，没乌烟瘴气，没疾病
路两边，鲜花盛开，百花簇拥
路，全程用金砖镶砌，路心
还铺一条红地毯
头顶，太阳当空，小鸟纷飞
路的那头，幸福在招手
只要行走之中平心静气不骄不躁就行

2019.2.7

除夕的短信微信

专一发来的我回
群发的我回
发了不回我的
我不生气，我自心敞亮明白

谁都有一些亲人朋友
大过年的
谁都有大堆事情
上有老下有小
家有病人的
心有牵挂，抽两分钟
搞条短信微信
统一祝福亲朋好友
也是大汗淋漓
忙了老，忙了小
忙了卫生，忙了门神对联
忙了年饭
回不了短信微信
已是内疚不已的事情

亲爱的，我是这样的人
现在给你们一个个发短信发微信
万一将来有个除夕夜
给你们的短信微信是群发的
甚至回不了你们的信
请你们一个个千万别生气

2018.2.22

大年初一，有思有想

跨过除夕门，又进新一年
来到春暖花开起点
亲爱的，我有思有想
想返回昨天，想返回从前

思索一条回返过去的路
想带亲爱的一起走
路在悬崖峭壁风口浪尖
踏险我也奋不顾身
虽然从前水冷草枯
尽管昨天遍地雪上加霜

昨天你我是激情燃烧青年
从前你我是三把火少年
你我热血沸腾的生命
是朝阳滴落的两朵欢喜
在大地的腮边开成的笑靥

亲爱的，如果回返昨天从前
今天耍龙舞狮的青年
就会是昨天火烧雪原的你我
今夜燃放礼花的少年
就会是从前两小无猜的你我

2018.2.22

喜迎第一轮春阳

从除夕夜过来就迎新春
就有天下的响亮
千家万户开门
点燃的爆竹点燃的精彩
都追随着东方天幕拉开响亮
众多响亮密集成片
从东方接二连三涌来
连续不断涌向东方
去迎接新春的第一轮春阳光临

成片的响亮展现壮观热潮
每一个穿戴一新的人
每一道贴上红对联的门
每一锅红红火火之上的沸腾
每一声暖暖的祝福拜年
每一张热情洋溢的笑脸
都是热潮里轰轰烈烈的热点

亮相的太阳是第一轮春阳
带着满腔热情光芒万丈
亲吻高山，亲吻平川
万水千山冰雪消融
心花怒放，喜气洋洋
亲吻人间，亲吻你
过了一个冬天的冷美人
热血沸腾千娇百媚

收这条短信的你别生气
亲爱的，过去几天不见我
是我远走十万八千里
去天涯海角接春阳
开心的日子你比谁都明白
现在温暖亲切的春阳
已经不是昨天那轮冰窖里冬阳

2018.2.22

怕你着迷版纳的美色不回来

版纳的水是翡翠里流来的
叫哨哆哩的女子是水里出来的
个个都是水灵灵
那眼睛那小蛮腰一闪动
爱的情水就泼来
把你从头到脚浇个水淋淋
那些哨哆哩我不怕你会着迷
穿上她们的服装
也分辨不出你是外来的
叫猫哆哩的男子是醒来的山
个个英俊，打起象脚鼓
是打春雷，震天动地
叫一头头大象舞之蹈之
那些猫哆哩我不怕你动情
因为我是苍山的儿子
我目光千里万里
看得见一颗颗善良的心
和他们比，我不逊色
傣味佳肴一条街通梢好吃
我也不担心你沉醉
如今，处处都有傣味餐厅
且正儿八经刀家的
怕只怕着迷版纳自然美色
别说橄榄坝，别说原始森林公园
整块理想而神奇乐土
绿得就是苍天掉下来的玉坠

何况目前正在春天
怕只怕着迷勐巴拉娜西剧院
上演版纳浓缩的精彩
出台一人一物，都是美翻天

2019.3.20

有些树木心不厚，脸皮薄，像我

看七看八，几乎看完一辈子
到现在才看透一些树木
知名的，不知名的
看透她们，看到骨髓里边
她们跟我一样，心不厚
脸皮薄，容易满足，容易脸红

不信，就跟我去看看，亲爱的
反正过年人闲，心闲
大年初一，初二三四，初五六
这几天，就是这几天
有公园有美景的每个地方
就有一拨拨赶潮一样的游人
这几天，就是这几天
天气有了一点温暖
又叫春节，是踏进春天头几天
你来，会有这样疑惑
踏进大理或云南许多地方
只消一脚，不消两脚
溅起来的春色就飞上千枝万树
不信，先看看我拍的图片
大年初一初二拍的
每一幅，都是花枝招展春天
千万别说我拈花惹草
我不敢摸，不敢采，也没踏草
我只观赏，只拍照

只在心上留下她们红艳
我跟现在开花的树木一样
心不厚，脸皮薄，容易脸红
她们啊，经过整个寒冬
虽然还是一身筋骨支撑天地
没有一丁点一丝丝绿
只得了一小点暖气
就笑脸红扑扑地面对我
就从骨子深处冒出一朵朵血红

亲爱的，我跟现在开花的树木
不是笑傲寒冬的红梅英雄
有点温暖就行就满足
有一点温暖就心花怒放就脸红

2019.2.11

游览南涧土林，最终还是想到你

来南涧土林，想到元谋土林
陆良彩色沙林……
满眼满脑海
都是崛起不屈的万千灵魂

我是土著民族后裔
你不是，亲爱的
滚滚过去的两三千年
你的祖先，你表妹的祖先
发动一次次南征
那庄蹻入滇
大汉开疆拓土，设郡置县
诸葛亮七擒孟获
大唐天宝战争
忽必烈长鞭
南京应天府三十万大军南征
我的一代代祖先
以及随身的刀、剑、枪
坐骑大象骏马
被卷土一批一批埋葬，埋葬

埋在红土地里的祖先成批成群
人死，灵魂不死
雷霆一响过，大雨一下过
不死的灵魂就醒来
就破土而出

就站立成顶天立地模样

还有怒指苍穹的刀、剑、枪

坐骑大象骏马

都复原成阵成林形势

以及原来的呐喊后来的风声

亲爱的，不死不屈的灵魂

只服和平解放团结和谐

像你征服我一样

不像你的祖先征战我的祖先

你给一个眼神一个微笑

就紧跟你走进一个个春天

2019.2.13

你我一个不放过一个

你是我的人，我是你的人
相亲相爱两人
经过前世阴差阳错
来到今生
不顾四面八方离间诱惑
你不放过我，我不放过你

前世你上错花轿
我哭了一世的心没一天死过
心上流淌着一条河
河水里一个个石头滚动着
石头一个折磨着一个
我在痛苦的日子里等你
你在难过的岁月等我
我心中有你
你心中有我
你是响应我心灵的知音
我是响应你心灵的知音
来到今生你心动，你需要我
来到你身边的人
是前世苦苦等待的我

2019.2.13

黏你，是珍惜爱的光阴

你睡下，跟你睡下，闪电追闪电
你起床，跟你起床
你去哪里，跟你去哪里
或者，我去哪里，带你去哪里
风带着风，只要时空允许
出差，下乡，走亲戚
能提前回来一天是一天
提前回来一时是一时
有时你是冰，就暖热你，让你沸腾
有时你心硬
就不停地抚摸你
是美色顽石，也要抚摸出潮水
亲爱的，黏你
是我内心太明白，珍惜爱的光阴
能不离开你，就一分一秒不缺少你

生命是有限有格局的
无论对待谁，包括草，包括树
所有风动植物
所有活蹦乱跳的动物
人就算活个一百年
也是过了一时少一时
过了一天少一天，会有过完的那一天
不会因为什么
增长一天一月一年
既然相爱就好好地爱

能在一起就在一起

拿有爱的时间，独自去混

或吵闹赌气，独自老去

让爱的时间白白跑去，都是最愚蠢

百年以后虽然睡一起

已经失去爱行为

没有呼吸，没有温暖没有思想

没有动作，只有风化成土的光阴

2019.2.14

你我活出来的感悟

你我已经发现

世界有了我们才精彩无限

没有我们

它不是荒原

也是一个不会醒来的天仙

再美丽，也不动情

也不传神

我们是世界的精灵神魂

有我们，就有世界的鲜活繁衍

我们来到世上每一回

都烧一把情火

来一次次热血沸腾

激活世界鲜艳

上世我在佛前求了一百年

做我的人，注定是今生的你

今生我再求佛一百年

来世你再做我的人

我们生生世世在一起

快活过好每一生

让世界跟随我们步步绽放精彩

2019.3.14

跟她保持一定的远距离

看她拍的图片写的东西
知道她年轻貌美才华横溢
风情透过高原巅峰
表现露骨露筋
下场瓢泼大雨山洪泛滥
魂飞云里雾里

看她拍的图片写的东西
控制力不强，不看
保持一定的远距离
特别是春天
小草小鸟都会发情
不然，难受，忍不住跑
跑千里万里扑向她
她满意还好，不满意
谁搞，谁上被告席

她拍的图片，写的东西
看过一回，不敢再看
再看，亲爱的
对不起，会跟你玩躲猫猫的

2019.3.1

桃花流泪，情殇震撼人世

残暴来袭，青天白日
刚刚喜笑颜开的灼灼桃花
突然惨遭惊雷轰顶
闪电穿心，寒风剔肉刮骨
骤雨冲田冲地冲屋
奔丧的黑色鸦啼
传递夷方路上的噩耗情报
叫一树桃花心疼透顶
泪流世界遍野，滴滴泪，瓣瓣红
全是撕碎的心。哭，痛哭
万千花枝，红颜落空

这个情殇震撼人世的事件
发生在云南
那树散魂桃花没有转世
穷追不舍的痴汉
追到云南城内一块红土地
那棵心爱的桃树
只留下一束枯枝遗骨
痴汉惊呆，站成一座义夫坊
过往行人，瞻仰敬拜
直到后来，倒在红卫兵手上

亲爱的，你我摆过亮过心
婚前喜欢就喜欢，大胆放电
非我不嫁，非你不娶

婚后爱个爱不释手

舍不得红颜粉腮流下泪滴

我走，你花开墓前

你走，我做墓上门神

我心上有座贞节坊

你的心上，就有一座义夫坊

2019.2.27

彩云之乡流淌着一个元宵谜语

大理来的一票雀 ①

飞的飞

落的落

正月十五月亮圆

亲爱的

落的我希望你别去抓

飞的你千万别放过

一定要逮着

飞的是我向你放飞的心

带着惦念和祝福

你逮着

圆满的幸福是甜蜜的开心果

写于 2010.2.28

修订于 2019.2.21

---

① 大理来的一票雀，飞的飞，落的落：祥云谜语，指煮在沸水里的汤圆。飞的，是熟透浮
动在水面；落的是没熟的还沉在水下面的。一票：方言词，指一群。

今宵迎来今年第一轮圆月

今宵迎来今年的第一轮圆月

正在星海天河游东逛西

一路挥洒金钱白银

地上是江是街道的地方

星星金币圆月白银就泛滥一次

天下是海是湖的地方

笑纳月的那些库存雪花银

也毫不客气毫不顾忌

至于山，不被万丈月光点化了

山山是站立着的银山

就被月光灌醉了，开成雪莲

这些种种现象

都满足世间形形色色种种愿望

亲爱的，你我和富裕起来的百姓

今宵不想银两不上夜班

只想赏灯赏月，过好祖传情人节

太阳滚落下山

不粉不墨的你我他们立即出山

成双成对追波逐浪

游祥云新城区，逛云南古城区

天河支流正在条条街巷流淌

千人万人游弋流光溢彩

颗颗春心激荡华夏最美春宵

大地回春，一元复始

心花怒放，影响百花迫切绽放

今宵人们沐浴月光

前呼后拥挤入赏灯流程

红红火火灯笼朵朵

绽放精彩的烟花一团又一团

公开的情侣逍遥自在大摇大摆

搂腰的搂腰，牵手的牵手

爱都爱个不遮不拦不躲不藏

暗中相好的，爱个含蓄

不是你左我右，就是我前你后

在人挤人的机会碰电传情

只要你知我知天知地知

凑热闹的少夫少妻抱着孩子

心里还煮着家中的一锅元宵汤圆

这是祖传千年还在延续的情人节

这是年年新春幸福延续

这是世上最美最壮观的中国夜

亲爱的，今宵你我不睡

现在离开赏灯潮流

潜入月光深处去说我们的悄悄话

在头顶今年第一轮圆月上路

去苍山脚下煮洱海星月

煮成元宵汤圆，好让世界共分享

2018.3.22

爱你，采些松花粉给你

听到春天的风声
拔腿就跑，忍痛离开你

灯红酒绿的地方
我不去
天涯海角的金滩
我不去
我去的地方
长满云南松的高山

那个地方春常在
别说春天夏天，冬天里
照样是秀色可餐

不说，你也知道
春天的云南松
金太阳喜欢在枝头打苞
白月亮在苞里做粉
春天的神韵，春天的温馨
悄悄地，悄悄地
凝聚在朵朵花苞里

亲爱的，红白灿烂笑脸
是你妈那朵桃花给你
让你开在我的时光
让我在着迷里欢喜不尽

也让我担心
怕岁月蚕食你的美丽

从今我不错过春天
春天一来
就去采些松花给你
让红白灿烂美丽
在我的身边永远不分不离

2019.3.1

新春，我给你送大礼

春风从春阳心里刮来

我围追堵截的春风给你

你打开精美的青花瓶

走进夏天、秋天、冬天

照样春风扑面，紫气润心

春光从春阳心头流来

我双手捧一些给你

你打开沉重的集装箱

走进夏天、秋天、冬天

照样桃花灼灼，神采奕奕

这是我在新春送的礼

你若高兴，你就打开心门

你门上倒贴福字就好

千万不要那种凶巴巴的门神

2018.2.22

只要心里天天春暖花开

世上很多很多事情

明天的，将来的

不完全比从前的好

山川河流

从前自然美丽

人，谁不是从前年轻

历史上的帝王

谁不想长生不老

活过还想再活五百年

现在的人追求未来

一天比一天好

追求现在的生命

还是想要从前的青春

从昨天从前过来的人

没有回返的路

就像过了洞房花烛夜

少女不再是少女

现在就是现在

我们从除夕过来

就从去年来到今年

年小的长一岁

年大的老一岁

老的老了就老了

没啥了不起

只要心里天天春暖花开

心态，依然潇洒年轻

2018.2.22

谁不是世上的过客

是客，就前客让后客
前席让后席
没有更新
哪来今天春暖花开

生命一路向前没返程
一人，一次生命
短的，长的
醒来知道活着就幸福

活着，最想做的事最美
要抓紧做，做到尽兴
活着，善待每一天
绽放生命最开心的美丽

亲爱的，我生活一天
善待你一天
善待别人一天
抓紧做最美高兴的事
生活一天
心里春暖花开一天
对得起有命活着每一天

2018.2.22

北京，有一个最有热量的地方

在北京的日子里，有个地方
总是叫我处在兴奋之中
时在季节轮回冬日
照样温暖
散发着无穷热量
跟有暖气一样
我知道其中一个个确切原因

那里，你我带女儿反复去
去了总舍不得离开
心热烘烘的
那里，白天及傍晚
去的人特别多
很多人心也是热烘烘的
也散发着腾腾热气
很多人去了流连忘返
都把一块地方踏得热热的

大家冲着一座城楼去
耳畔都回荡一个湖南人声音
叫人热血沸腾
叫世界震撼
大家爱在城楼前照相
都把留影视为最自豪的光彩
大家都冲着升旗去
那支乐曲，那面旗子

呼啦啦飞扬上空
仰望中就有一团烈焰欢腾

大家冲着一座纪念碑去
眼里的精神支柱
擎起的是坍塌过的万里天空
领袖的题词
总理撰写的碑文
如实体现永垂不朽英雄
横竖撇捺，点、提、弯、钩
字字笔画铁骨铮铮
每一铁骨都有不干涸的骨血
若给摸一摸
准能摸到烈士铁骨滚烫

大家都冲着一个大会堂去
那里有容纳天下胸怀
每年一次领袖同群英聚会
都有掌声热潮涌动
都有五湖四海大船小船听潮竞发
每次来过的外宾
都带走体会不完的千般热情

这个地方就是天安门广场
共和国首都心脏
在北京的那几个日子
是我带你和女儿去了又去的地方

2019.9.24

快来我心上睡一会儿

谁惹来这防不胜防倒春寒

刚才还是暖阳高照

现在，天阴沉沉，冷飕飕

还是一张眼泪抛洒的脸

叫梨花带雨飞雪，桃花流泪

寒潮来得比翻一张日历快

动动，就翻回冷冬

远方的你，没有防备

摆美，冬天才走就穿春裙

劝阻，小心风寒

这只耳朵进，那只耳朵出

这天依然一如既往

出门，春裙飘逸

目前，寒冷杀个回马枪

你来信，冷困交加

雨雪笼罩的场所

午休，半点都没在家温馨

来，来我心上睡会儿

我回信，人冷，首先从心上冷

心冷，就脚冷手冷身上冷

你来睡在我心上

会动情，会热血沸腾

会热血循环全身，一会儿

身上的寒凉就会消散

倒春寒就是个过客

不久，就匆匆擦边过去

2019.2.28

三月：

涌起动情生爱大潮

我的生日，你的节日

——我的生日，阴历二月初八。二〇一四年对照阴历这个日子过生日，恰逢阳历三月八日国际妇女节。激情澎湃中，我给亲爱的写下这些句子：

那年的今天我来世上
哭着喊着来
世界太美，美得太不像样
万紫千红
流光溢彩争奇斗艳
万水千山
梨花桃花李花杏花杜鹃花……
花花竞相开放
花花芬芳
让我眼花缭乱
不知哪朵给我佩戴

我年复一年寻寻觅觅
找了几年
才知道我出世那年
你还打苞在青枝绿叶里

后来相见你我各自恨晚
我住进你心里
你住进我心里
才知道你花开一年又一年
我找了一年又一年

才知道你我都在不远的地方

只是熙熙攘攘世界

不让你我互相轻易发现

只是缘分讲究时间

时刻不合不相见

朝前一分不行，落后一分不行

不在那一分，就错过一生

今生我珍惜你我的缘分

用深情的心好好呵护

今天是你的节日

全世界花开花香日

我祝你开心

你是明媚世间的一个亮点

2018.2.4

敬你一杯从朝阳里打来的酒

亲爱的，女人的节日我祝福你

世上漂亮我心房是你

我生活在妩媚的风光里

从你做我亲爱的那个日子起

天上最灿烂的是太阳

我心里最灿烂的只有你

璀璨的青春属于你

鲜花绽放的时光属于你

今天我敬你一杯甜美滋滋的酒

愿天长地久的亮丽属于你

前人说贵妃醉酒美极啦

今天你喝过美酒的模样照样美

天下最艳的两朵桃花从你双颊开出来

酒是我从朝阳里打来的

它甜甜地回应在你两汪笑靥里

2018.2.4

群芳三月，桃花最美

春雷滚过的这山，那山
山山孔雀开屏一样

红的芽，绿的芽，黄的芽
钻出千树万树枝头
立足所有情节细节顶点
跃跃欲试待飞
春风一吹
绽放叶子的苞
就是一群小鸟亮翅欲飞

黑色赭色相间的
白色黑色相间的
灰色赭色相间的
红色绿色相间的
一身白色一身黄色的
呼啦啦……哗啦啦
春阳的光彩
满树斑斓，漫天欢腾活跃

三月人间流光溢彩美翻天
每片山川，果园
每个公园
都在浓妆艳抹
花枝乱颤
都在大大方方推出花花世界

都是欢度节日的女子
穿上五彩缤纷衣裙
个个翩翩起舞，神采飞扬

这个花花世界谁最美
桃花……桃花……桃花

那种羞羞答答红晕
从白白嫩嫩里渗透出来
在阳光下红白灿烂
桃花之色，美女美色
从来都有英雄沉醉
那些沉醉不醒的事情
渗透精彩桃色
是岁月飘不走的淡淡血色粉纱巾
那年那月我走桃花运
世外桃源遇上亲爱的你
你一见钟情笑起来
满脸桃色光彩
桃源万千桃花大惊失色
山呼海啸，你做桃源花魁

今年三月八日我来桃花源
桃花丛中
急急忙忙寻找亲爱的你
你是千树万树桃花丛中艳压群芳那一朵
见你，我再次春光灿烂在陶醉里……

2018.2.4

今生，我做护花使者

女人是花，有个美名女人花
人间三月，繁花似锦
最美还是女人花
别看万紫千红争奇斗艳
远不如红颜美女月月美天下

男人爱花只爱女人花
只在女人花节日祝福女人花
今生，我做护花使者
我喜欢，我尽责
早早晚晚提一腔爱的热血
倾注护得天长地久
女人花的节日我祝福女人花

亲爱的，你是妹子你知心
哥心上的女人花有你
有你的日子哥珍惜
别说雨淋、霜冻、雪崩
风吹草动我都会心惊
怕你丢失一丝一毫美丽
有事你就呼喊我
遮挡风雨霜雪，我伸出双臂
只愿明天醒来再见你
你美丽人间的花容依然艳丽

亲爱的，你是女儿你知心

我心上的女人花有你

你来世上我疼爱

别说电闪雷鸣海啸

你头痛脑热我都会烧心

这是我的慈爱

爱你给世界带来鲜活美丽

有事你就呼叫我

我张开一双翅膀呵护你

世界是你的，命运

你是你娘美丽世界的延伸继续

我生来喜欢做个护花使者

我爱我娘，女人花节日

我把祝福发到天堂去

娘是天上最美的花

朝霞是她，晚霞也是她

七彩长虹，是她过往天河的花桥

娘在天上天天关注我

娘奔赴瑶池那年，年纪很轻

连我生日都来不及说

活着的爹，一气，稀里糊涂

2018.2.4

再穷也给你支起一个春天

亲爱的，就算穷到空手白脚

只有力气打工挣钱养家糊口的份上

也三个石头给你支起一个春天

我用心当一口锅

用十万热情做烈火

把收尾的冬天放进心锅煮沸

不剩一点冰碴，不留一点冻土

用弥漫开来的腾腾热气

蒸发卷土重来的倒春寒

确保暖洋洋世界草长花开莺歌燕舞

何况如今的我兵强马壮

粮草充足，意气风发

早已走出贫困泥潭

虽不是要风得风要雨得雨

也能在阳光里与时俱进

快马加鞭，挥鞭自如

我甩出的那两鞭子众人都喝彩

啪，一鞭子甩过重重大山

啪，一鞭子甩出一条滚滚的江

2018.3.1

你是正在绽放的花朵

花朵比喻女人，已经千年千年
这个比喻像太阳
天天在世上开放温暖的光鲜

少女是含苞欲放的花蕾
花瓣，一层、一层，又一层
层层包裹花蕊的梦
一个闭目沉睡的模样
给少男无限遐想
少妇是正在绽放的花朵
打开激动不已的情怀
就是打开色彩鲜艳的烂漫春天

亲爱的，你是正在绽放的花朵
夜晚，我做一滴露珠
泊在你心窝
白天，我做一片阳光
投射你心上
在你的心里我有美妙感觉
一朵鲜花盛开的宫殿
粉红鲜艳，温柔，还洋溢香甜

2018.3.1

谁像我这样疼爱你

爱，一个单音词，沉默在辞海
群星里的一颗星
单纯，美丽
喊出来，一个音，也能震撼心魂

爱，一旦潜入动情之人心灵
又被撕开，就叫心疼不已
就是悲剧，那梁山伯与祝英台
活生生扯断的连理
伤心血，一滴，一滴，一滴
喂养千年流传的爱情
爱，一旦入心入骨生根发芽
不割离，也有心疼的
许多人横渡爱河深有体会
许多人有刻骨铭心的一些经历

亲爱的，你是我最疼爱的人
我像疼爱初春疼爱你
疼爱第一苞春芽第一朵春蕾
第一只出窝起飞的小鸟
疼爱笑口常开春天常在的你
你苦了累了，我心疼
你冷了你风寒咳嗽了，我心疼
你吃不香睡不甜，我心疼
你增添一根白发掉下一根长发
我辣心辣肝地疼……

我尽心尽力护卫你

亲爱的，像我这样疼爱

除了爹娘，世上还会再有谁

2018.3.1

我在心的泉水里画云

生活的杂事潮水一样退去

剩下孤岛独立一样的我

只有汹涌的心事

我的心事不是万水千山

没有万紫千红

亲爱的，想你是唯一事情

像诗一样的云是你

热爱你的我

在晴空万里的日子想你

就专心画云消磨焦虑

画云，不只是嗜好

在日复一日的想念里

画云还一天比一天上瘾来劲

我初次画云在宣纸上画

渲染第一次想念的情

我用一种颜色画

画蓝天，留朵雪的洁白

让它开成棉花云

亲爱的，心领神会就是你

现在时过境迁我画云

爱打开心泉在水里落笔

一汪心泉画一卷

一卷展现一心意

卷卷美意，想念亲爱的你

蘸一笔浓墨点画在水里

水就有一朵飘逸云

这是亲爱的一头长发

我想念的时候

就在我的心中欢腾飞扬

衔一笔淡墨点在水里

就描绘出一朵阴云

那是亲爱的一种心情

出现在我病倒渴望日子里

汲一笔鲜红点画在水里

一汪清泉

绽放一朵名叫红霞的云

云里洋溢着阳光

红白灿烂的

这是我魂牵梦绕的云

亲爱的跟我相遇桃树林

枝枝丫丫落满这种云

脸上出现这种云

从此你每次一见我

脸上也是再现这样的云

调一笔赤橙黄绿青蓝紫

点画一汪心泉

就有一朵七彩缤纷的云

这是一个美丽的世界

生活在我心上的你

有多姿多彩神韵

亲爱的，诗一样的你是朵云

想你，我有时用诗描写云

有云的诗不一样

人们读一读，思想是滋润的

2018.3.1

爱情传奇，念念不忘

总是在我渴望的时候
就有一场绵绵细雨
轻言轻语地倾诉一丝丝感情
直至深入我的骨髓
直至我的每个细胞圆润

总是在我接你进门的时候
才来瓢泼大雨
下吧，下吧，下吧
反正大小海塘张开袋子口
铜钱大的雨点就是钱
装满了，过日子才会更神气

总是在我送你回娘家的时候
闪电跑到天那边
炸雷滚到天那边
大雨撒到天那边
头顶天空有太阳
遍地草木水淋淋地润眼润心
我送你送到山涧那边去
沿途有彩虹搭桥
有春燕喜鹊飞来飞去引领

总是在我们想念的时候
我给你发信你就来信
你给我发信我就来信

我给你打电话你就来电话
你给我打电话我就来电话
我想见你就遇见你
亲爱的，你想见我
会在路的拐弯处遇见惊喜

我有这些爱情传奇我幸福
每一个细节感动着我你……

2018.3.1

你穿哪样衣裳都漂亮

人家穿漂亮衣裳装扮美丽

你有天姿，不挑肥拣瘦

春夏秋冬，穿哪样衣裳都好看

寒冬里你体现一种丰满美

穿羽绒服；穿毛衣毛裤

走过腊月你脱离厚重的包装

是冬天抽出的青青苗条

春风一吹，英姿飒爽

全身光鲜秀气，袅袅流芳

夏天是美女大展魅力的季节

穿长裙，飘逸潇洒

穿短裙，穿热裤马裤高腰裤……

迈开修长白美双腿

让来神的目光紧紧追随

穿羽纱，风姿绰约，灵动炫丽

亲爱的，夏天的你美丽起劲

是观音手上那枝柳

在我心田上空滴着翡翠甘霖

滋润我爱到渴望的灵魂

秋天里的你秋高气爽

像天河流淌出来的一汪蓝

像蓝天绽放的雪花云

像动听的山泉传送秋波神韵

亲爱的，你穿什么都漂亮

别说穿些高档时装

那年你出演《山妮出山》

穿粗布烂裳，披粽叶蓑衣

反倒衬托出俊俏清纯

舞台中央聚光灯下你一抬头

笑脸就是惊艳世界的花

还有亭亭玉立这种词

配你身材姿态神韵

是早已为你缔造为你准备的

叫我今生今世情爱

在你身上服服帖帖温暖你

怪不得自古英雄爱美女

怪不得也有不爱江山爱美人的

亲爱的，你穿哪样衣裳都漂亮

冬穿冬衣丰满美，过了春天

一天比一天秀丽的你

不是天下形容词能轻轻松松形容

2018.3.1

找个理想的地方带你飞去

那个时候，关于我的爱

不是你妈这也不得那也不得

就是你爹杆子扭出水来也不得

就连你表妹表姐

也横挑鼻子竖挑眼

更有你怒气冲冲表弟表哥

这个横刀夺爱

那个挖空心思挖墙脚

何况还有外人偷偷打你算盘

内外交困的我

唯一希望是你坚定不移

最大愿望只有一个痴心妄想

想一夜入梦神通广大

找个理想地方

带你飞去，实现命运的突破

最理想的地方不是大城市

高楼大厦车水马龙灯红酒绿

只适合开开眼孔

不适合你我安全着陆悄悄生活

最理想的地方是梦中地方

一马平川，四面环山

山顶终年积雪堆冰

山腰白云缠绕郁郁葱葱

山上淌下来绿水

平川里涌动青波翠浪

一半是湖，一半是花果树木

山下四季温暖如春

鹤鹭成群，麋鹿成群

我在林子里盖院红房子

一砖一瓦都是我的爱心切片

白天我去湖中抓鱼

你去花果林里采摘甜蜜

夜晚睡在一起远离红眉毛绿眼睛

梦中的地方我想了又想

想透了发现并不理想

若是真的飞到梦中的地方

又是跳到另一个包围圈

想通就一通百通

亲爱的，你我同心协力

一起拆除你家包围圈

实现目的你我虽然天各一方

自自由由地来来往往

却织就爱情亲情人情温暖

2018.3.1

有你的爱……我神采飞扬

亲爱的，我这条生龙活虎的命
起先是爹妈给的
到了那年那月，又是你给的

那年那月那些日子走了神
不吃不喝不睡无精打采
一天接一天憔悴下去
滑到了要死不活的地狱边境
爹妈也跟着丢魄落魂
这是我初次见你热烈爱上你
害了日思夜想思想病
重病期间，心上火烧火燎
动不动咋咋怪怪发气
好像世界欠自己
好像碰上火星就会引爆自己

原因泄露的日子太阳喷薄而出
房前屋后喜鹊叫来叫去
我爱你爱到日思夜想
结果也得到你的爱
喜上眉梢的我，不仅活过来
还神采飞扬口不离曲
见什么都顺眼，都亲近
山山水水都是可爱的世界
都想抱一抱，吻一吻
爹妈也跟着我活了过来

全家人个个神气起来

我摇身一变在瞬间

枯树逢春，枝枝条条返青

浑身焕发青春

浑身万千绿芽亮翅欲飞

风一吹，鸟语花香铺天盖地……

2018.3.1

不准你的胡子先白了

亲爱的，等你很久你才来
胡子都快白掉了

亲爱的，叫我好喜欢
你迫不及待有怪场
要怪就怪你性子茅草火星的
我早已做了你的人
今生不拽你，还会拽谁去
说好太阳落山赶过来
我既没落后，也没超前
太阳刚刚落在山梁上
你看看，我是准时到来的
前阵你打电话你发信
我一路小跑没听见
我不到来不准你胡子先白了
要白等我长发飞流三千尺
白成梅里雪山明永冰川

亲爱的，不是我性子急
是我十分都是分分在乎你
等待每一分
都是热锅上团团转的蚂蚁

亲爱的，我知道你的心
因为爱我爱到很在意

所以我紧紧黏你黏你黏着你

如今你我春天才开始

情爱姹紫嫣红，精神正年轻

2018.3.1

我有这份依恋的贪心

总是思念你，陷在思念旋涡里
那种叫作情愫的旋流
一圈追一圈，直下心底
亲爱的，如何是好，才几天
仿佛离别多少年
我一心只想时时刻刻在一起
这种依恋贪心改不了
要改，除非我灰飞烟灭魂魄散尽

我有这份依恋的贪心我知道
你有一拨连一拨甜蜜
嘻嘻……嘻嘻……嘻嘻……
我的心听得见你常常窃喜
我依恋的贪心你知道
和你在一起过的日子很开心

今世生命给予的有效岁月
我舍不得每分每秒白白流逝
我在你身边的位置空缺了
那是白白浪费快乐生命
等到老了在一起看太阳落山
会明白叹号下坠的那滴血
会听见晚风叹息，晚矣，晚矣

2018.3.1

最有诗的情意是你

亲爱的，你不是诗人有诗情
给我说的一些话儿
给我发来的一些短信微信
不小心泄露到诗报上
会叫其他一些句子暗淡无光的

多年了，有些诗报害怪病
刊出的一些句子
诗意是空瘪的，文字是晦涩的
浪费一片风水宝地
浪费众多目光
罪过，罪过，十分罪过

亲爱的，你的话，你的来信
是从心上发出的
淋着情义，含着诗意
回荡着风趣
昨天我前脚才上高速路
你的微信就追来
喊：别让距离拉开思念的心
离别的开始
就是想念的开始
开始想念啦，亲爱的，咋好呢

嗨，就是这个深情追问

呼的一下，勾走心魂

身后的春天身后的你

我往返百万次，也不多的

2018.3.1

119

从心上发射出来的目光

春暖花开的现在
我不忘记寒冬里那天

那天，我回南方老家
你送我去赶火车
寒风里的太阳
脸嘴冻得紫红紫红的
我心儿却是暖暖的
我身后有你目光
从来没有离开过我身上
我一次次回头看见
你的双眼噙着滚热的波浪……

火车启动的那一瞬间
心头暖流再次热烈波动
这是你车窗外的眼光
以无穷的穿透力
射入我收储热量的心房

火车出站，距离拉远
我依然身在美好幸福中
我人在旅途
你眼睛在后
我的脊背热烘烘的
我走到哪里
你关爱的目光追到哪里

亲爱的，眼睛是心的窗口
我知道
你关爱我的目光
是从你心上发射出来的

2018.3.1

春天，这一天在这里全睁亮眼睛

茶花、桃花、梨花、玉兰花

樱花、马樱花……

花花里出来的女子，叫女人花

带着这种那种花容

这种那种花香

比花多一种灵性

会谈笑风生能歌善舞

会表现千姿百态

表达万千风情

还在悠悠岁月流芳，流光溢彩

这一天，一朵朵

纷纷来这里

叫春天全睁亮眼睛

叫相机手机

抢镜头，抢喜爱的美丽

这里的苍天睁亮大眼睛

蓝莹莹的

其中眼眸金太阳

暖和和的

雪里的苍山睁亮眼睛

激动的泪水

淌成十八条欢腾碧溪

洱海睁亮眼睛

水汪汪的

神经敏感的万千树木

睁亮的眼睛

在枝头绿叶上闪耀光芒

喜洋洋的

亲爱的，今天你来

百花丛中一朵花

万千游人睁亮的眼睛

盯着你不放的

是我放电的眼睛，面向我

开放笑盈盈甜蜜是你

2019.3.10

收到想念，激活一片春天

分别的每一个时段
都有想你的连绵
给你的信
都是春阳春风春雨

你繁忙时不会疲倦
冰冻时不冷
忙里偷空读一读
寒潮之中
都精神振奋，热血沸腾
灼灼桃花开一脸
这个月里
收到我的一个想念
就激活你的一片春天

今天给你的信
正下着春雨
纷纷扬扬
全是情愫牵挂心魂

想念是爱情的青春活力
有绵绵不绝想念
情的花朵
就有暖洋洋春阳关照
徐徐春风舒筋活血
纷纷春雨滋润
就有鲜活美艳一个春天

2019.3.12

开在千万人心上的女人花

你只知道你花开枝头，不知道
你还花开在千万人心头
包括男人女人，其中当然包括我
你是最鲜艳最流芳的花

今天是女人花的节日
亲爱的，你该享受万千祝福
我的祝福，当仁不让
你是女人花的优秀
沿路走来美丽流芳，醉出精彩天地

2018.3.22

爱的利息一天一天付给你

——三月十二日，种植爱情

植树节，我种植我的爱情

起先一心一意全神贯注苗种里

再把苗种移栽下地

然后小心伺候，精心培育

这是寄托希望的玫瑰苗

种植它，圆梦，繁衍万紫千红

亲爱的，这样做，是开始回报你

玫瑰花开我一天摘一朵献给你

这是爱的利息

我喜欢支付给你

当年你站在人生转折点

抱着等待的爱心

涌动的人潮激荡你

你的爱情是沉是浮你主宰

求爱的人如潮，一拨追一拨来

你这也不理那也不理

最终我是你瞄准的目标你动手

一颗流星飞来

咚的一声

你抱着的爱心投进了我心怀里

用心投入，必有理想收获

亲爱的，这些年我一直感激你

我的心怀我开拓，我拓宽

你喜欢纵马我纵容

你喜欢播撒什么种就播什么种

我容纳，我养育

只要你高兴，你幸福

今年植树节我种植玫瑰花

我心知肚明

你给我的爱，生长着利息

将来，一天一朵献给你

当爱的利息，一天一天付给你

2018.3.22

我是树，期望美好相遇

下辈子是树，跟一些兄弟姐妹
是大山上的森林
我们翠绿一生
做净化空气美化风光的事
不会沾沾自喜
我们清醒
那还不完全是我们作出的贡献

我们一生不怕烈日不怕闪电霹雳
不怕暴雨不怕冰雪
只怕病死老死
无名无堂地腐烂消逝在山中
从生至死没见人
甚至，连鸟都没落过
我们不论种类
不论长得高大矮小
或笔直，一根葱子，顶天立地
或弯弯扭扭奇形怪状
被一些人嫌弃
我们都期望采伐使用
至于赏识重用，更加荣幸
就像我们一些先辈
被间伐，被拿去
能做柱的做柱，做梁的做梁
做椽子的做椽子
能做家具材料做材料

哪怕生得弯扭不成材不成器
也进火塘风光一回
红红火火
在燃烧的境界中噼里啪啦
笑个尽兴

我们先辈的生活有时代背景
穷，那些年，人们都穷
先辈很少很少困死在山上
哪怕一根枯枝都有机会让人惊喜

我们一些先辈也有喊冤叫屈的
冤没有遇上工匠
冤，活过一生
没有遇上识货人
那些从小到大根正苗直出类拔萃的
遇上砍柴的
也只是一堆柴
不管长得多高多大多威风
照样在斧子千劈万剁中破解
破成一块块柴
跟弯弯扭扭枝枝丫丫毛毛柴
一样塞进灶膛火塘烧去
烧的过程，毛毛细柴高兴
噼噼啪啪发出欢欢喜喜声音
来自笔直高大树木的柴块
不冒烟，就冒鬼火
冒烟，浓烟滚滚
发泄憋了一肚子的气
冒鬼火，不燃就不燃，燃了就不熄
我们那些弯扭奇怪的先辈

也有气，有怨气

气，没人发现天生就有艺术美

还历来遭鄙视

气，没命遇上木雕艺术家

身价高贵，也在一把把火中烧去

我们的先辈和我们一脉相承

每棵树木都有一个期望

活到头，有个理想的美好相遇

2018.3.22

做棵理想最美的檀香树

三生三世，这一世为人为男人
下一世为檀香树
最怕自生自灭在深山老林里
也怕遇上野火遇上砍柴的

下一世做棵理想最美的檀香树
跟做木梳的相遇
让他直取一圈一圈花心
做出千万把木梳
给这一世爱过的女人
我的奶奶我的妈妈我的姐姐
我的妹妹，我亲爱的
我的女儿，孙女
还有只是见过只是喜欢
没有碰过的万千美女
我要去她们转世为人的幸福时代
在她们纤纤玉手
轻轻梳理她们长长的柔柔的
黑得发亮
或黄得灿烂的一头飞流直下瀑布

2018.3.22

常青藤缠绕大树的柔情独白

亲爱的，这辈子缠你，就缠你
不是我死皮赖脸
而是我实在太爱你，爱不释手
我不是你身上那株寄生草
吸取你的养分
还跑到你头上招风出风头
我有我的立足之地
我成长，我生活，我自力更生
我盘绕在你身上
不是高攀公主
我只想把心把爱把情贴紧你
在我喜爱的身上缠缠绵绵
让你感受柔柔亲密依从
是你一生享受的幸福情趣
让你抵抗风雪严寒有一种韧性

亲爱的，你生活在我柔情里
我的柔情是感恩生产的
你把我带到高境界
让我看到天堂星火风云
看到四面八方远景
让我的生活有阳光有雨露
我的柔情不给你会给谁
这辈子我爱你爱个完全彻底

生，依附你，缠绕你

死，怀抱着你，这种爱

是我在你身边出生就择定的

2018.3.22

激烈燃烧的心火

燃烧的心火一直顺风飙扬
从昨天到今天晚
天宽地阔的心窝变成火海
天祖宗地王爷无法扑灭
观音来了只会助燃，亲爱的
你来我的心口看看好
看为谁燃烧的心火壮观不已
这样的心火你高兴
这样的心火是谁点燃的
看了自心明白的你
要就要这样宏大热烈灿烂的

血统一滴血，千年后流转巍山

流过一代一代代血脉
抓一把胡子细数
数不清多少代
跟岁月逆向而行
到一千一百余年反背
血统的一滴血
跑出一条温热血脉
落地成一人
走一条祭祖的路
紫马黑汉形色
还像那滴血
反反复复流回巍山
回祖先称王称霸
魁雄六诏一个老地方

亲爱的，这滴血是谁
你比谁都明白
我一次次跑巍山
揣着太阳月亮
不念祖宗曾经辉煌
念祖先亡灵
念一哄而散盛宴
念腿长快跑
做草民，改名换姓
生活平安清吉
让命脉血滴流传

念八百条命
来不及放弃锦衣玉食
魂断风云突变
叛贼杀人不眨眼
只为剥取龙袍
坐九万五千里江山

万里瞻天拱辰楼还在
星拱楼还在
文庙牌坊古街古巷古院
雕龙画凤还在
大石虎还在
所在的一砖一瓦一石
做文物古董
不炫耀昔日霸主威望
人来人往潮
没霸道形影
亲爱的，我来巍山
祭祖时间来
只求祖宗灵魂安息
让你我的血
愉快流传和谐大繁华

2019.3.15

我的情爱色彩像春分

亲爱的，我的情爱最美好
每年每月每一天
缤纷色彩都像春分这一天

这一天，明媚的天空是我的心口
温暖炫亮的太阳就是我心脏
你看得见我的心，透明
只隔心口玻璃窗
这一天，太阳最直爽
九万九千九百阳光
直射地球赤道
人在春的半路，燕子在飞来途中
鱼在水流里
感觉不热也不冷
就像我九万九千九百九十九情爱
来自滚烫的心
远远地照来照进你心上
既不让你受寒
也不让你会灼伤
这一天，黑夜白天平均掰两半
给你醒个恰如其分
给你梦也梦个恰到好处
这一天，我从高空匆匆赶来
见你起身抬头
心慌，脚慌，手也慌

泄露了满腔情爱
给你泼一身花衣裳
深受感染的人间
是桃红柳绿梨花雪白万千事情
这一天，地球斑斓漂亮
是宇宙里滚动的绣球，光鲜烂漫

亲爱的，我的情，我的爱
每年三百六十五天
光鲜色彩都像这一天
今生每天每时刻
光鲜色彩都像春分这一天
过去的日子
别人可以翻开看
今后的日子，子孙每天盯着看

2018.3.22

过了春分，清明走近你我……

来到春分，过了春分这一天
清明越来越近
你我眼前，一些人的眼前
一天比一天清明
你我内心，一些人的内心
一天比一天清明
你我睁眼闭眼
一些人睁眼闭眼
都清楚前面走失的一些些人

前面走失的人有我的亲人
清明，我眼前清楚内心清楚
我睁眼闭眼
最后带着肠炎走失的爸爸
带着腰椎疾病走失的妈妈
带着癌症走失的姐夫、二哥……
都瘦骨伶仃地回到我面前
亲爱的，亲爱的
前面走失的人有你的亲人
清明时节，无论你睁眼闭眼
你念念不忘的妈
血肉相连的兄弟
以走失前的样子来到跟前
你开始拿心里淌来的泪洗面

柔肠似水的你现在泪水洗面

千百年来，清明节里
柔肠似水的女人泪水洗面
个个哭自己走失的亲人
清明时节雨纷纷，千百年来
不是雨水，是女人泪水
就像如今有我亲爱的洒泪雨

众多的泪雨洗心洗男人心
洗天空洗远山
洗去立冬以来雾霾浊气
还心里心外世界清清明明

2018.3.22

不是鬼使神差的一场浩荡大雪

已是三月第二十四个日子

热起来的云南一方

有一场震撼心灵的雪景

千树万树梨花开

根本无法形容

放大十倍二十倍

也无法估量这样一场壮观

亲爱的，今天不来看

最近三五天来

还来得及，再过十天半月

鬼使神差的浩荡大雪

千亩万亩十万亩大雪景

自己不想散场

热性子火暴的苍天

也会抓起来收场

让场面给一统天下的绿色

亲爱的，你来，跟你来

坐着车子跑来

千人万人开车来

钻一条峡谷

进入雪落重重大山现场

十道山梁十架山坡

十个山凹凹，都是雪

白茫茫几十里

仿佛就是苍天杰作

抓起一卷卷白云
来这里一口气抖尽白雪

耳听总是虚，眼见才为真
真是万亩十万亩梨花
不是鬼使神差
铺天盖地一场白雪
真是朵朵含芳树树梨花
藏在巍山县境
羊脂玉一样的花世界
马鞍山的表白
是万千彝族儿女万千心意
种植在山的土地
长在云的梦里
在年年三月浩浩荡荡开放
虽自己从来不声张大洁大白
这些年也有外人发现
也有万千采风的
有雪狐转世的妩媚女子
有爱素的花痴
前者来了抓拍晒美
后者来了，醉倒梨花雪魂里

2019.3.28

那只叫我穷追不舍的雪狐

雪狐再现，这些些年
喜欢出入梨园
在三月梨花飞雪
九月雪梨甜
再现的雪狐，这一世
转世为人
是穿白衣的妩媚女子
那一世，遇见
是梦中的一次遇见
是一见惊艳
就叫我穷追不舍，不舍

追着，追着，世世追
那一世那一天
雪狐忽然隐身不见
让风带来信
说，终有一世在梨园
让雨带来信
点点滴滴皆哭诉
说，缘在苦尽甘来日

上一世，我早早死去
这一世，我早早托生
年年跑梨园
那一天，跑到马鞍山
万亩梨花漫山雪

传说中的雪狐

果真游在梨花大潮间

她在抓拍晒美

说，姻缘已经过期

怪只怪你这一世早早出生

2019.3.29

让你早早晚晚生活在祝福里

每天早上都发微信
道一声早上好，天天好
新的快乐日子
从心上送来的祝福开始
这，不为别的
只为在乎
因为人海太大
不冒泡，就被淹没
就从你视野消失
跟蒸发一样
消失的过程无声无息
日久天长，我是谁
你都会不容易再想起

每天晚上都发微信
打个招呼晚上好
问一问今天开心不开心
道一声晚安
祝福做个好梦
不为别的
只希望情谊日益增长
因为星空太大
星群太多明星太多
我不出现
不引起注意
你的视野你的空间

你的梦乡

就被一些渴望占领

每一夜

都希望梦见我

梦见在红豆花里相遇

2019.3.31

四月：过往的春天，笑过，哭过

遇上那女子，不要放过

遇上那个女子

若放过，是一生罪过

那么顺眼

有气质，有人情味

关键核心

将军统领千军万马

她更牛呢

手握一个花世界

摊开巴掌

绽放亿万朵滇橄榄花

笑一笑

就晒石板箐亿万情人果

这样的女子，出色

活一辈子，碰不上几个

遇上她，叫幸会

把她截留在微信里

有空聊一聊

不出格，开心就好

给情人果找一条出路

寻一个大市场

让她高兴

给她出一条主意

助她伸开双臂

大展宏图

就是修得一回正果

遇上那个女子
做朋友，千万不要放过

2019.4.1

那些酸酸甜甜的日子

亲爱的，去宾川石板箐
转转橄榄林
会找到一棵橄榄树
象征你我那些过去的日子
你闺蜜，我朋友
也是如此，如此，如此

过去那些迎面笑着走来
开金花，银花
繁星集团花的日子
密密麻麻结果
颗颗粒粒，青翠欲滴
你伸手随便摘一颗
咬一嘴，嚼一嚼
都是酸酸甜甜，回味无穷
丝丝缕缕，细水一样
润心，润神情
亲爱的，你我细嚼慢咽
无论哪一颗
都有回归那一天的感觉

那一天，你吃醋，我喝蜜
因为街头路尾美女
对我热情四溢
我吃醋，你喝蜜
因为抛头露面

有帅哥盯着你的美丽

这种酸酸甜甜日子

日复一日，不可回避

迎面走来，过去

结一些酸酸甜甜情人果

2019.4.2

清明，腾冲国殇墓园有我深情倾诉

敬爱的父亲，今天我来倾诉的心声

众多山冈众多江河会听得见

因为心火山一样沉重

内心的话，岩浆一样沸腾

喊出来落下地会是出炉的金子

说多滚烫就有多滚烫

说多响亮就有多响亮！敬爱的父亲，您安静地听

今天，我带领妻子，带领女儿女婿，带领孙女

用万分感激之情感谢腾冲人民

感谢腾冲国殇墓园守护人

他们历来没有忘记您和您的战友

他们用感天动地的一种热爱

保护您那些战友的忠骨

民族的英魂

走过了电闪雷鸣风疾雨骤岁月

感谢他们呼唤着寻找您和您那些走远走散的战友

无论是官，还是兵

让你们一个个英名欢聚一堂

护国精神光照后人

这是了不起的壮举，了不起，真的了不起

敬爱的父亲，鬼子来了的岁月，同胞受害的年头

国家兴亡，匹夫有责

早年老师马冰清播在心上的那粒火种

开始燃起烈火烧在您心上

抗日救国，教书育人
上过军校，遭过迫害的您
开始把老师传播的真理继续播撒小学生心上

滇西大反攻的一九四四年，考验您
考验每一个年轻的滇西人
您是一个跟豺狼打过交道的人
您知道凭个吼吼叫叫
吓得跑豺狼，吓不跑鬼子
您知道，鬼子是东洋鬼附身的豺狼
对付鬼子，必须出手去打
必须枪打，必须拼刺刀
必须炮轰，必须手榴弹炸，必须大刀砍
您知道，别人也知道
打鬼子，会吃枪子，会掉脑袋，会炸开肚肠
会让爹妈和妻子撕心裂肺哭倒天堂

您知道真理，您爱国，你报效祖国，您最棒
您从吼吼叫叫的人群挺身而出
您一句回肠荡气的话直叫抓壮丁的乡丁保长五体投地
不消捆着走！打日本鬼子，我去
我早等着打日本鬼子这天来临
您和您的战友强渡怒江
冒着鬼子从暗地里疯狂扫射过来的弹雨
冲锋陷阵，前仆后继
用伤痕累累的双脚踏平鬼子密布的地堡
用血肉身躯滚过硝烟弥漫的战场
站起来，从血泊里打捞起高黎贡千万座大山小山
打捞起房屋破碎的腾冲县城
让一片血泪浸泡的土地首先成为彻底消灭鬼子的地方
成为全国第一块收复的失地

敬爱的父亲，敬爱的父亲

胜利后你念念不忘保卫兵站追杀鬼子的那场血战

念念不忘那条血流成河的山沟

念念不忘那个腾冲大嫂

是她把您一个身负重伤昏倒三天三夜的军人

从死亡线上抢了回来

您感激腾冲人民，念念不忘腾冲人民

腾冲人民，腾冲国殇墓园守护人更没忘记您

您看，他们把您尊姓大名找来

让您和您的战友欢聚一堂，光照后人

安息吧，敬爱的父亲！安息吧

您这样的一个人，一个魂飞高黎贡山，魂飞腾冲的人

安息吧，您和您的那些英勇作战流血牺牲的战友

2018.4.4

清明，祭拜亲人，别忘了先烈

我左眼细看红花绽放有多少
右眼浏览白花呈现有多少
每年春分时令过去
游走红土地四面八方的我
总是这样去看这样去数
可惜，没一次弄个清楚明白
白白过了一个又一个清明

亲爱的，多年来我是这样想
脚下这块土地血水浸泡过
血，是无数先烈的
也是无数受害人遇难人的
不然，你随时随地下手
挖地三尺，是红的
地面盛开的朵朵红花
就是土壤里的一些血滴
沿着一些深入的根须
跑到草的茎头树的枝头绽放的
你看，风一吹，雨一淋
到了阳光里的她们
都是一些复活中或笑或哭的灵魂
那些雪一样的白花
是祭拜那些血色灵魂的
红花白花一定对等
我历来数不清，你肯定数不清

亲爱的，今年这个清明时节
我们采白花祭拜亲人
别忘了祭拜流血牺牲的先烈
也别忘了祭祭受害的，遇难的
你我右手采白花祭先烈
左手采白花祭受害的遇难的
让这些灵魂安息在清明
更多不说，没有反击侵略者先烈
哪有今天的和平，明天的向往

2018.4.4

清明，请容许我给她献朵花

亲爱的，既然清明路过
请容许我给她献朵花
你的一个点头
即便轻如一朵棉花糖
我的心都有一场及时春雨
眼里都有潮起的感激
何况你深深地点头点头点头

亲爱的，她是我初恋
走进我的一段生命
是最漂亮最关心我的姑娘
她嫁给别人，离我远去
在大雪落苍山一天
她离开人世
在男人出差女人难产
惊雷打头一夜
残酷命运不给她丝毫情面
她，是个可怜女人

亲爱的，我破碎一地的心
是你拾起缝起治愈
属于你，属于世界一角
她没过到今天这些好日子
还常常从梦里来看我
双眼还是含情脉脉
还是怕人迫害我的两湖烟波

亲爱的，她和我的事
我向你透底连根坦白过
你为我敷过伤心药
清明你我路过一堆长草的土
晓得是她留给人们看望的
我去给她献朵花
你不仅深深地点头
还说走，一起去
不要让她在路边白白等候

亲爱的，你真好，这个清明
你我的花芬芳她的孤魂
她就复活在我们花里
你和颜悦色，桃花灼灼
再现我遇上她疼爱的那春天

2018.4.4

清明，你伤心在一场亲情里

有时，一条丝线大小的理由
能溶解重如泰山的情
有时，一份至上的亲情
会让千条理由苍白
你母亲遭遇病魔围追堵截
走投无路命落黄泉
灵魂沿着一条天路飞走
年年清明悲痛的你
十分神魂有八分随行
我用千百条理由追你八分神魂
反而被你执着感动
心疼倒春寒里一朵梨花哭泣

哥在人间不是一个美好传说
亲爱的，你留两分神魂
给现实中痴恋你疼爱你的哥
别人用千条理由喊不走你
遇上我，心跟心就在一起跳动
亲爱的，你的情分重如泰山
瓦解你的千条理由来了
来了，都是纷纷飘落的鸿毛……

2018.4.4

亲爱的，善待这群人

枪声炮声杀声远走离去
和平的日子里
亲爱的，告诉大家
还有这样一群人
免不了有战友壮烈牺牲

接到火警，呼啸赶去
进进出出火海
拿血肉扑灭山林大火
民房工厂商场失火
有去无回的
生命终止在二十来岁
会撕碎爹妈的心
会烧焦姑娘半个月亮

凤凰花向他们开放
凤凰涅槃，烈火中永生
雪莲花为他们开放
烈火烧过的灵魂太烫
应该有歌唱他们
应该有优厚的善待
他们的爹娘
他们心爱的姑娘
世上千爱万爱

亲爱的，你我抽出来

抽出千丝万缕来

别没心没肺，跟石头一样

2019.4.7

清明，我向亲爱的诉说娘亲

亲爱的，我见不得这个词
时不时猛然遇见一次
心就痛，就流血
就有一把突如其来的尖刀
直插心口深处
直刺魂魄激灵
我也听不得喊叫这个词
听见一次，有一次撕心裂肺

亲爱的，别人遇见这个词
是走出冬天寒夜
迎面碰上奔来的太阳
伸出暖暖的双手
捧起雪地里的心
是很亲很暖的热泪盈眶
亲爱的，别人听见这个词
心不孤独不飘零
离家再远，都没距离
心里有的是亲近是兴奋
浑身的细胞都来劲
回家，跋山涉水，脚下生风

亲爱的，别人从小想娘亲
想，幸福就随叫随来
想娘亲，想见就见
想要娘亲怀抱，想要就要

想吃娘亲做的饭菜就吃
想穿娘亲做的衣服鞋子就穿
还爱听娘亲的疼爱叮嘱
听话，给娘多吃一点
出去久了，娘担心儿着饿
给娘多穿上一点
出去天阴了，娘害怕儿冷着

亲爱的，别人喊叫这个词
随心所欲，毫无顾忌
通电话，随口就喊
见面，开口就叫
饿了，渴了，冷了，热了
跌了，疼了，痒了
被人打了，骂了，遇险了
都喊，哭着声声喊
撒娇地喊，惊慌地喊
娘是主心骨，更是万能的主
可怜的我，想喊也喊不成
半个多世纪喊不成
小小年纪不到十岁就喊不成
我要喊娘亲要见娘亲
只有去长满茅草的一堆土前

我喊一声，白云阴下脸来
哭一声，风雨凄凄厉厉
我在爱慕娘亲美丽
可怜我的千百双眼水里长大
我穿补丁盖补丁衣裳
有街坊女人缝缝补补手温
我爬出嫉恨娘亲美丽

想打娘亲蘸水的雪地冰湖

年年我哭来清明雨

洗娘亲死不瞑目

我叫苍天，喊大地，娘亲

娘亲如花刚刚开放

三十多岁惨遭乌风暴雨

四十多岁缺医少药

春上倒下，秋天才得下葬安宁

2018.4.7

清明，领着亲爱的来看望您

老师，清明来看望您
除了我，还有我那亲爱的
她心，我心，心怀感激
没有您对桃李的滋润
哪来有我花枝烂漫的如今
我一首接一首诗作问世
都是一棵桃李树上盛开的花朵
朵朵花里的片片花瓣
都透映着您那滴滴殷殷心血

老师，清明走近您，亲密
您就在身边这间卧室
我是外面的白天
您在里边还是彻夜不眠
坐在灯下批改作文
夜夜是鲁迅赶快做的形影
您笔下的圈圈点点
改过的错字，别字，病句
时不时拍案喝彩的评语
不是笔尖流畅红墨水
是您汩汩流淌出来的心血
滋润篇篇作文片片田园
其中有我日日月月
递交给您一片接一片
有桃有李有杂草的田园作文

老师，只有清明，跑来见您
带着我亲爱的一起来
听您沁人心脾
引导桃李向上的滔滔心语
来报告我又有新作问世
让您回到我习作发表的兴奋里

老师，姓谢，名本良，广东人
是追随南下洪流一条河
来苍山脚下洱海边上
渗入一片风花雪月土地
滋润一茬接一茬桃李
直至一九八三年七月五日
一条河流耗尽一腔心血
化作一朵彩云，向太阳飞去

2018.4.4

167

把恩人请进我的诗里来

来到风生水起今天
过去我们的大队，我们的家
过去的我
跟一个个领路人密切相关
跟着他们走
走着走着
我们来到和谐富裕幸福里
他们没来，再也不来
跟我父亲母亲
跟今天上网查找不到
打电话无人接听
救济不来领，连街谈巷议
销声匿迹的一些乡亲
留在昨天前天，隐姓埋名在一起
互相关照凝聚
默默地，不动声色
让我想念父母就一起想起
想起往事就接连想起
想起今天自然想起
让我在清明怀念不已

父亲是一个滇西抗战老兵
是反蒋武装地下交通员
是农协会主席
是下庄街的街长
是领着穷人翻身的领导人
是清匪反霸

减租减息、抗美援朝

作出贡献的人

是后来遭受冤枉

平反还受邪恶攻击的人

这些，普发兴清楚

赵玉龙明白

他们跟老支书俞应福、李文俊

是我父亲我们家

和许许多多百姓保护人

清理阶级队伍雷雨交加

普发兴挺身而出撑起大伞

摆明真相

不让我的父亲再次跌进泥塘

父亲大幸

我们全家大幸

推荐读中专读大学

大队支书赵玉龙

公社书记宝公祥各尽其力

不只双手推

还肩头顶上拼命地向上推……

这些往事我年年念念不忘

常在亲爱的耳边念

常在儿女耳边念

往年，过年前唠叨一回

就带着全家走

去看普发兴，去看赵玉龙

如今我诗句煮酒感恩

斟满三杯拜祭

把恩人一个个请进我诗里来

2018.4.4

清明，敬拜雷锋

雷锋不是壮烈牺牲

没有枪林弹雨

也没火龙张牙舞爪

横冲直闯嚣张

他血肉之躯倒下

却有响雷直冲霄汉

震撼一个中国

向雷锋同志学习

领袖笔墨落下

千万个雷锋起来

光彩中国每一个地方

谁落水，谁遇上困难

不用哭爹喊娘

会有人伸手拉一把

上鲜花笑脸相迎两岸

轻松愉快大路

雷锋生前是这样的人

血汗浇筑支柱

撑一片和谐天地

从来不声张

直至事迹被人发现

感动一个中国

感动共和国的领导人

亲爱的，你我走过来

学雷锋，做好事

不仅仅成年人

还有学生争先恐后做

上学放学一路做

星期天，寒暑假做

给军属烈属做

给老人病人小孩做

给大集体做

给每一个困难人做

哪里脏一点点

有人悄悄扫

五保户吃水有人挑

想查询谁干的

只听见学习雷锋歌声

雷锋助人为乐真人真事

樵夫失足落崖

神仙赶来凌空托起

董永，七仙女帮

那是从前百姓最美的梦

2019.4.6

亲爱的，雷锋没走远

和平岁月有这样一群人

平时平凡平和

不张扬不上电视

不在你的视野

你也不放在心上

只有遇上地震

你被埋，亲人被埋

你就会立刻想起

他们赶来扒一堆堆废墟

扒活的，扒死的

双手十指扒得血糊糊的

你困在洪水中树上

孤立的石头中心

掉下深深枯井

悬在高高大楼窗外

你才立即想起

他们就是到达的闪电

当你获救脱离险境

你才想起雷锋

想起活雷锋没有走远

2019.4.7

灵魂转世探亲的思想花

信不信由你，亲爱的

春天开的花

都是离世女人

放不下人间

春来灵魂转世探亲

冥思苦想花

都有在世那种容颜

都是不死的心血

听见春雷响

就沿着地下根须跑

跑到枝头草尖

开花迎春天

朵朵微笑遥望想见的人

春来花开多少

离世女人

灵魂转世探亲的思想花

就有多少

盘古开天地以来

每年入春以前

那些离世的女人

赶着春天来

来看万代子孙

看转世做了血肉之躯男人

开在山上的

守望那一世砍柴伐木

或放牧割草
燃起情火的男人
开在路边的
守望那一世赶马路过
赶考赶街
走亲串戚会友
出任出差出游路过
就一见钟情的男人
开在田间地角的
守望那一世耪田种地男人
开在院内室内的
守望转世的在世的丈夫
或暗恋至死男主人

春天开的每一树花
每一束每一朵花
都有要见的人
亲爱的，你我一起呼唤
目前三月百花盛开
想看花的男人
花朵里脱生出来
有了血肉的鲜艳女人
再不看望花开
雨水落地
万紫千红已经流泪离散
过期，得等明年春天

2019.4.8

山下这头，山上那头

山下这头住人，山上那头住人
山下人去看山上那头人
从古至今，年年清明
少的三五一群
多的多到八九人
十几人一群
连接两头的路
前人遗落草木的赶马鞭
条条上面有行人
都是天眼之中的蚂蚁子
一群一群跟一群
风雨无阻，雷打不脱，去去来来

岁月不变，青山面貌不变
爬坡上坎行人
年年都有小变动
年深月久
二三十年，四五十年
上山的一个个人群翻天覆地大变

这群那群一群群的领头人
过日子短的人
这个那个一个接一个
走着，走着，走着
就留在山上头
群里的人们前赴后继

有人接替一去不复返的领头人

我在我群我一年来一次

遇上这群那群一个个人群

熟人一年比一年少

陌生面孔一年比一年多

到头都是一些小辈人

我，不认识他们

他们不认识我

迎面而来，擦肩过匆匆去

只跟我群小辈打招呼

十几里山路我来回几十趟

踩熟了，就看透了

上山一路花枝招展春光好

终是人生一条不归路

你一出世，就上路，没有反顾

2018.4.8

清明，上山的人群一群跟一群

这群那群一个个群
哪一个群不像我们这个群
从前上山看望山上那头的人
跟哥哥姐姐
跟着爸爸妈妈大伯大妈
叔叔婶婶一个群
十几里山路一条闪电落下的魂
弯弯曲曲爬坡下坎延绵而去

第一次我跟着大人走
人小走不动，一路哭兮哭兮的
直叫大人抱我坐进大江篮
瘦骨伶仃毛驴子
一头驮我，一头驮祭祀东西
后来，我跟着大人走
后来，下山还挑两捆柴
后来，走着走着
爸爸妈妈大伯大妈
叔叔婶婶姑妈
这个那个一个二个
接二连三留在高山头
大群分出几个群
我和我亲爱的
跟哥哥嫂嫂一个群
在家务农的二哥是领头人
身后跟着他们儿女

我的儿女，妹妹的女儿

再后来，队伍壮大

有兄嫂的女婿

有各家孙男孙女一大群

再后来，二哥留在山那头

大哥在他乡

清明我做领头人，我来领群

清明上山人群一群跟一群

那年，我们跟在后面

这年，我们走朝前，不断继续走

2018.4.8

住进佳城 ① 里边的人

住在山上那头的人
单身的，成双的
都住石头围砌的小城

这座那座一座座
成排成片，座座名佳城
住进佳城的人
都不动声色
别说林涛花香
头上有动听鸟语滴落
有风有雨有雷霆
连来人也不理
无论是后人跪着磕头喊
还是亲人哭倒在地
也是无动于衷
城门不开不开就不开
城门紧闭不见
嘴巴紧闭，不说
以前的话以前已经说干净

住在佳城里的人，入城
就固定了思维
从前的亲人，从前的朋友
清明，要来就来

---

① 佳城，坟墓的雅称。云南许多地方坟头石碑都刻写这个雅称。

扫扫城边，献献花
要见，还是梦中去见
见也没话多说
说，只说前半句
后半句让醒来的人去琢磨

2018.4.8

我有炫耀春天的长句短句

春天，我有一些长句短句

流淌春的光鲜色彩

有的是喷泉

有的是丝丝缕缕细流

有的是滴滴答答淋漓

有的流遍山地田野

是风吹的麦浪

有的急匆匆赶来

冲下悬崖深渊

撞上石板粉身碎骨

从飞珠溅玉瓣里啪啦

回归满谷流霞

有落在草尖枝头的点滴

太阳出来一照

不开放万紫千红神韵

也发出翠翠嫩芽

最得意的句子是有心魂

流出的点点滴滴

淋在枝头不甘寂寞

听见风声就飞

不是飞扬的球拍

弹出的流星

是腾空而起高歌的精灵

进入飞天境地

不怕潜伏的倒春寒

翻嫉妒白眼

不过，亲爱的
也有一句两句流出眼泪
浸泡清明十天半月

2019.4.9

清明，这几个句子是哭泣的

今年不哭已经死去多年的爹娘

不是血肉不长良心

是掉过的眼泪早已长草

长出坟前割也割不完的草

是爹娘早已安息

或早已经如愿转世

是感觉爹娘已经生活在不远地方

满脸都有朝阳光芒

那个像我小时候的少年一定是他

那个像妹妹小时候的少女一定是她

爹娘早年是老死病死的

不是替人死去

想归想，痛归痛

从来不散发黑色怨气

老死的活到头

病死的已经救命到底

今年清明我不为他们再哭泣

包括一些缅怀诗句

缅怀的诗句从心里涌出来

缅怀爹娘祖先

所有死去的亲人，死去的初恋

缅怀烈士，离世的老师

只有这几个句子是哭泣的

带着心上的血丝

哭替人死去的无名英雄

特别是那个小山村那个少年

落水的同学起死回生

救人的那个少年石沉大海

那海子① 是一只什么眼

把事迹也淹没在默默不语中

也默默地看日出日落

看救起的少年长大成人娶媳妇

亲爱的，我有一口气老憋着

憋过二十多年不呼出来

难过的心，就有一包鬼针草戳着

今年清明有哭泣

其中有这几个句子的哭泣

哭无名英雄，哭那少年

也哭泣有的人走着心沉睡着

但愿我的一滴滴泪

泡明白一个小山村的天空

澄清替人死去的少年

在烈士名录呈现一个应有的姓名

2019.4.11

---

① 海子，在云南一些地方的方言中泛指海塘。稍大一点的海塘还被叫为大海子。

日子不长，抓紧跟时光赛跑

有一个道理一定广告天下
亲爱的，你内心光明
快发微信，人生
遇不着太多太多日出日落

千万别见人家山高水长
花红柳绿，草长莺飞
谷黄米熟，猪肥，羊大
就眼红到见不得
就耽误生命蓬勃活动
去跟旋涡风搅窝子
去跟水獭猫浑水摸鱼
或跟恶作剧生怨气
扯过来，扯过去
赶紧上路，春天前程似锦
去追捕阳光，补充内心
拿出小时候干劲
让一天天在外的自己
追着西边的太阳跑
在天黑前赶回家
不让下山野狗叼去
让天天早起向上的自己
跟东边太阳赛跑
在钟声响起前跑进课堂去

别执迷一些日子才抬头

才见别人抵达远方
才想追赶，那会太晚
好些时光已经沉沦
别说跑步提速
前面跑着的人也提速
追是追不着的
何况天涯海角早成定局
何况窝子水一澄清
会照见弓腰滴水的形影

2019.4.15

给你爱情，爱情是养颜活泉水

亲爱的，给你爱情，天天
爱情养颜，养灵魂神韵
爱情是青春营养液
我一心一意用爱情呵护你
过了春天
春光照样在你心里
养你的活色生香你的朝气

有雨水的山，高悬青翠欲滴
谈婚论嫁季节里的姑娘
有没有爱情不一样
爱情滋润的姑娘水色光鲜
结婚那天美到人生极致
亲爱的，你我过来人
爱情养颜，是养容颜活泉水

亲爱的，爱情生养好心情
心中有爱情，心魂甜蜜
天天有爱情，天天甜蜜洋溢
心中有爱情，心神气
心中有爱情，日子开心
谈笑风生，随时随地
哼流行曲，常常情不自禁

亲爱的，缺水的花日益憔悴
失恋失落，离婚失魂

烦躁揪扯撕裂的心

这是爱哥出轨分道了

这是情火遭遇暴雨熄灭了

红颜水色都伤不起

亲爱的，天天给你爱情

给你最美好心情

爱情是养容颜活泉水

生活在美好心情里

岁月不敢肆无忌惮地氧化你

2018.4.15

天上人间，看透看淡才好

天上人间，纷繁复杂的事物

亲爱的，看透看淡才好

那朵云，是白是黑还是彩色

都是表面现象

你若经常看

就见它是一团雾气

水分有浓有淡

淡的轻浮，高高在上

浓的沉重，随时掉下人间

那朵雪花

是古人梦里的白银

看透不是一滴水

就是苍天还在掩饰的一滴泪

海岛上的城市

沙漠里的一汪碧波

首先看见别高兴

说不定是海市蜃楼

亲爱的，有些方面你比我懂

也常常告诫我

秋来雾中走深山小路

林子里金黄的火红的一团团

不一定是枫叶山金菊

望着好看

走近了，是金钱豹

是斑斓大虫

如若是火狐，算是幸运

还有，走进人间
那些一笑就是春风的人
走到大河边
连大水里的石头也会感动
个别的需要看透
笑是忽悠，是转眼凋谢的花朵

2019.4.18

南方，人间最美是那三月天

那个诗人，你那一个诗句
人间最美四月天
多年来，在一些嘴上流行
已成名句
其实，我告诉你
这句诗在我心上总是过不去
我开口不讲，闭口不言
不是我嫉妒你
开心剖肚来看看
没有坏心肠
直心肠生长直性子
恕我直言不讳
我不知道你生长生活在哪里
是不是那里季节慢一拍
南方的四月
繁花盛开的万紫千红已经闭幕
百花仙子
已纷纷转入幕后
大自然的绿色大幕上
只有不多的几种花儿还在开

敬爱的诗人，千万别见怪
南方最美是那三月天
三月，众花仙子赶场上场
庆祝天下女人花节日
气氛很热烈

我的女人是最美一朵女人花

来到四月天

百花百分之九十已谢幕

留下的绿色舞台

十天半月都下清明雨

点点滴滴穿透人们心灵

有人胸口戴白花

那是冷敷痛失亲人的辣疼

敬爱的诗人

我不受一些人喜欢

就是一辈子一副直心肠

写诗，也不婉转，不花里胡哨

2019.4.16

爱，万水千山不是距离

没有翅膀通过高速飞腾
直达心中目的
也无所畏惧
不怕绕一个弯一个弯
几十几百几千个山弯水弯
也绕到你那里
跟你面对面坐在一起

面对面碰杯吃下酒菜
距离很近，近到几乎耳语
也没有达到目的
这在世人面前
仅仅只是表面现象
不代表心跟心在一起

突破表面现象，深入下去
绕一个弯一个弯
绕过心隔万水千山
也绕进你心里
见你敞开一汪心语
有了话语间眼神碰眼神
闪电碰闪电效应
有了酒干了还打来
来，一醉方休
直至抱了不想放开
放开，都是月亮分开一半

直至白天全是想念

夜晚，从黑到亮

不是辗转难眠

就是梦里万水千山的追寻

2019.4.25

四月，我在生死之间奔跑

看清人间四月，神经敏感脆弱

听不得一声哭泣

整天就纷纷掉泪，掉伤心泪

且在清明节前十天

清明节那天，清明节后十天

过了，还断断续续

四月，大半个月甚至整月

只放任高寒地带烂漫

有人气的地方

就大量撤走万紫千红神魂

只留带雨的白花开着

假若黛玉在世

会见她抹泪埋葬遍地落红

若是还见几朵红艳枝头

不是杜鹃啼血

那一定就是有人哭出来的血滴

有的人说，人间最美四月天

不！我跟一些人一样

却在生死之间的场地奔跑着

跑西，跑东，跑南，跑北

情为死去的人奔跑

死去的人尸骨有灵有魂

年年清明节前托梦

还冒出坟头，站立成草遥望

活着的我来，带妻儿来

缅怀的感情在内心燃烧着
来扫烈士墓，恩师墓
扫祖先墓，父母墓
不跪天不跪地，就为他们跪下去

这些年，跑过腾冲国殇墓园
跑过老山墓园
今年跑过八百里滇川高原路
给金沙江边的二哥扫墓
缘分总是意外出现
二哥躺下的那一块山坡
朋友的爸爸在
三线建设的一些人在
我一一供奉白花、酒水、茶水

每跑一个墓地我都说些心里话
跟墓里的人轻轻地说
倾诉一些活着不忘的感情
人间四月芳菲尽
却是种种鸟语在喧腾
四月，我在生死之间奔跑
为放不下去的情
杜鹃鸟见了就叫：莫哭、莫哭
金嘎嘎鸟见了就夸
金嘎嘎、金嘎嘎、金嘎嘎……

2019.4.26

过往春天，笑过哭过

日子，听见春雷扯闪响亮
亲爱的，它就笑起来
笑起来，有树有草
有豆苗麦苗地方
摇头晃脑，前仰后翻
满脸春光回荡
红霞万朵灿然盛开
有水的地方
满脸是喜滋滋模样
没草没树没水没禾苗地方
走石飞沙奔走相告
寒冷过去，阳光日益温暖

过了立春，再过了春分
流过喜泪流过花蜜
招过蜂惹过蝶的日子
愉快走过来
亲爱的，它遇上亡魂托梦
再次泪流满面
这回，泪水是哭的伤心泪
哭得清明雨纷纷
哭得万紫千红都落下枝头
哭得鸟儿倾巢出动
其中，杜鹃叫声最有意味
亲爱的，你左耳听见
不哭、不哭、不哭、不哭

你右耳听见

播谷、播谷、播谷、播谷……

慈悲的人忙起来

该收的收，该种的抓紧种

2019.4.28

抚摸过《小河淌水》的力量

亲爱的，抚摸过《小河淌水》
你说，打动世界
何须万千雷霆
只消几个滴血滴魂句子
只消《小河淌水》
就能够触动世界千万条神经

小河淌水源在桂花箐
箐有两棵参天大树金桂银桂
山有满腔装不住的爱和情
从前一汪白月亮
沉醉在堆积翡翠的大山心怀里
天天流露挚爱真情不息
带着月光那样的纯那样的亮
百折不挠淌出去
淌出去有桂花的色彩桂花的香
淌出去，淌出去
流入密祉感染一串响铃岁月
淌成赶马调，放羊调
流入妹子心窝窝
淌成跌宕起伏的望山望郎调
调子穿过刺蓬蓬里的路
小郎哥，妹挂肠挂肚挂心肝
流到尹宜公指尖尖那一天
《小河淌水》脱颖而出
鲜活起来的曲子有新词有灵魂

扇扇翅膀追着清风飞起来
飞出千山万水云南，飞出中国
触动万千神经的世界在感动
《小河淌水》浸润许多心
照映在夜空，就是满天的繁星

亲爱的，你说，我信
跟你深入《小河淌水》故乡去
那里漫山遍野都是诗
有打动世界的句子
感动世界的《小河淌水》
有世间情爱的精神灵魂
走，快走，跟你抚摸抚摸去

2018.4.29

你我伸手相牵，就是人间眼里天生桥

亲爱的，来到今世今天
走过弥渡天生桥
自然想起你我从前
那一世，那一天，那一次……

那一世，住在清华洞
青海湖水弥漫洞口
你我相依相随打鱼逃生
日复一日不闻别的
只静静生活，默默繁衍

那一天，丢下顾忌妄念
出洞追着礼社江跑
你在江那边，我在江这边
边跑边笑边呼边应
时不时牵牵手
你伸手过来，我伸手过去
江水在相牵的手下咆哮
渴了，你我都喝一口江水
饿了，你我都捞一条江鱼
全然不想任何事情
只为释放日复一日的沉闷

那一次，山洪暴发，江水凶猛
众多人畜困在江水两边
夜间，你我心灵共鸣

江岸两边的你我同时伸手相牵
不动声色地站成两座山
白天，过往人畜络绎不绝
还日复一日连续不断
日久天长，你我灵魂出窍
去游大千世界万水千山
留下牵手为桥的躯体不闻不问
这次出手不为自己
牵手即成雄美永恒，只为人间

那一世，你我一念伸手相牵
成就人间眼里天生桥
这一世，你我灵魂有着落
重来做人做伴侣
这一天，你我来弥渡
姓名带山的我，带玉的你
不声张，悄悄地来
看看那一念定型的模样
牵牵手从天生桥上走一遍
不想停在功劳上享受香火
只想激活细胞里潜在的精神

2018.4.29

弥渡及更大范围的女子

怀有石头就自我感觉硬气

定西岭下，红岩坡上

弥城坝子，东山大岭岗

目光再打远一点

弥渡，祥云，巍山……

目光再放远一点

整个滇西，整个云南

直至大渡河边

广西毗邻一些地方

走出来的一些血性汉子

都有一些南诏铁柱那种风骨

这些汉子有没有铁石心肠

要看娶什么样的女子

小河淌水的女子心柔软

洱海的女子表面波光粼粼

内心却活跃深情一汪

多依河的女子多些婉转沉静

红河女子人渡河女子

怒江澜沧江金沙江女子

血管里奔腾激烈性子

生活在一起就潜移默化

女子的情沁透自家汉子的心

我的女人，我亲爱的

金沙江支流上游的小妮子

山弯弯的一条小小溪

感情活泼清澈细腻

从五彩云下跑进我的心

年复一年日积月累

我的心已经是一潭甘泉柔情

2018.4.29

三月街，蜜蜂进进出出一朵花

大理三月街，在我眼里
就是一朵盛大开放的奇花
时间不到不开的花
过期想留谁也留不住的花

千年以来，花开那里
苍山洱海环抱的好地方
不弃，不离去
再大的下关风也吹不走
平日里不动声色
阳春三月一来
就面向世界隆重盛开
年年就是这样
春天不来不开放
不开，不开，就是不开
天王爷地祖公来
也不赏脸也不开放
阳春三月来了就开
谁也不遮不拦谁也阻挡不住
阳春三月一过
就地静悄悄地隐身收藏起

花朵盛大开放花期天长
花容花貌花气氛
九芯十八瓣，五彩缤纷的
蜜蜂进进出出熙熙攘攘

这一群群，带蜜带粉进去
那一群群，采蜜采粉出来
花里花外，嘤嘤嗡嗡
亲爱的，约上你的闺蜜
喊上我，走，去赶三月街

你，我，她，三五成群
跟四面八方来人
蜂拥而至，都是一些蜂群
来的走的，带粉带蜜
带嘤嘤嗡嗡喧闹洋洋欢喜

2018.4.29

亲爱的，约你去赶三月街

冬风吹过，春风吹来
苍山洱海怀抱里
就有一场激情浩荡的春潮
潮流八方涌来
赶千百年来一年一次三月街

满街热浪喧腾，热潮澎湃
一派洋洋大观
国外的，省外的，州外的
州内各县的
老的少的，男的女的
千万种好吃好喝的
好穿的，好用的，好玩的
古董的，现代的
都来赶潮相聚，相聚，相聚
千万颗心跳在一起
千万目光亮一地
千万个故事发生一个地方
千万种商品集散一地
去年，我跟亲爱的有约
今年继续来，来，来

今年三月，想，你我就来
走进三月街，走进一个万花筒
融入形形色色人群七彩纷呈世界

美食美物买卖天地

赛诗赛歌赛马娱乐圈

走进热气腾腾的一个大气场

2018.4.29

五月：诗句有些偏心的疼爱

大栽大种，五一开始

兄弟姐妹放下活计欢度国际劳动节

在家睡觉上网打游戏看电视

或呼朋唤友聚会喝酒

或逛街或出游拈花惹草逛风景

我却要叫上你，赶快走

带上我们满腔的情，满腔的爱

跟着父老乡亲下田下地

尽情地撒，尽情地种，尽情地栽插

轰轰烈烈地大栽大种

赶在月底完成一轮满栽满插栽种

不是我跟兄弟姐妹反弹琵琶

是我们农业大县

历来五月一日开秧门

五月一日开秧门

说的是开始栽插水稻秧

说的是春耕大生产

说的是大春农作物大栽大种

亲爱的，家乡五月

父老乡亲栽苗播种，是时候

庄稼熬不过节令

栽种必须抢在节令里

过了节令栽苗下种会歉收的

家乡五月是红五月

大栽大种村村寨寨轰轰烈烈

我们州白族乡亲

开秧门还敲锣打鼓载歌载舞

何况这几年风调雨顺

五月里丢个石头

别说丢在水田里山地里

就是丢在路边丢在埂子上

也会发绿开翠花

翠花，翠英，翠兰，翠香……

农村农民喜欢翠色

给姑娘改名，离不开青翠欲滴

这样的五月，这样大气候

咋舍得和你闲一天两天

我们得赶紧去栽去种去抢路过的庄稼节令

五月，我们大栽大种满栽满插情和爱

为自己，为女儿，为别人

解决来年吃饭问题

至于五一国际劳动节没休息

过了大栽大种红五月加倍找补回

现在好好耙田好好栽插

无论栽插水稻秧苗烤烟苗辣椒番茄紫瓜……

按科学方法密植

不折不扣满栽满插

地里种苞谷种瓜种豆细心种，不留余地

2018.4.27

跟你去繁华大上海，不迷路

亲爱的，来到打磨一新的日子
跟着你去繁华大上海
不迷路，一百个放心
大上海就在你心里，心知肚明

大上海第一次走进你心间
少年时期，她从南京路上来
大胆，从容，有好八连
有霓虹灯彻夜通明
你看见她头顶一片不夜天
从此心生信念心有支柱
点松明，点煤油灯不再是永远

大上海二三次四次走进你心间
青年时期，来圆你的梦
从沪昆铁路杭瑞公路上来
永久牌凤凰牌自行车
上海手表蝴蝶牌缝纫机
上海种种花布……
洞房花烛夜，给你心满意足
二十世纪末，她继续来
带一群工人一汪汗水
浇灌起钢筋混凝土希望小学
哨音里，一群孩子跨入新世纪
大上海五次六次七八次来
从高速路高铁路来，从空中来

来一个个白衣天使

她们妙手回春，花开多少家庭

新时代跟你去繁华大上海

顺江踩着波涛东去

从外滩拉长的汽笛下船

追着吴淞口霞光跑进南京路

浑身是霓虹灯的精彩

第二天进城隍庙品品美食

第三天去世博园

第四天走过浦东大桥

进开发区见新世面

跟你走大街过高楼大厦河谷

登上东方明珠高光点

看大上海今天明天

大上海城区有我们两个县大

第五天跟你致谢大上海

也报告我们家乡的大发展

五十年距离缩短二十年

第六天跟你坐地铁去虹桥机场

飞离大上海，一脸不情愿

跑了几天，仅仅跑了几个点

2018.5.2

大东山老窖，你喝我爱喝

两壶三壶八壶十壶一百一千壶
亲爱的，家锋说他酿的
是十年二十年三十年老窖
我说根本不是的
是大东山酿的
是大东山千年老窖
家锋只是从大东山深处取来

亲爱的，大东山老窖
喝一口
有那些岭岗峡谷芳香
苞谷大麦甜荞香
喝七杯八杯，人不醉
心儿一辈子沉醉
醉在悠长回味
泼出一碗
流淌那些峰峦沟壑青翠
对了，瞄一眼杯中酒
望见妙姑眼眸清澈
干海底下的诱惑
深藏一个坛子
盛满叫人喜欢豪饮的甘醇

亲爱的，不喝大东山老窖
你会后悔，我喝

上山下山

脚下起一路豪爽风，你喝

索玛花红在脸膛里

2019.5.3

揣一颗爱心，驾驶一朵莲花慈航

名为一个彝族汉子
实为大东山浓缩
有大东山骨骼
大东山条条脉络
有三岔河柔肠
大雾露小雾露朦胧
更有大东山捧出太阳明朗

名为大东山缩影
实为一朵慈航
有爹妈给的一颗爱心
做一朵莲花内心
有百座山岭做一百叶花瓣
生在万水千山里
从万水千山深处来
驾驶大东山一朵莲花慈航
出山，出山，出山
过往群山是起起伏伏波浪
向前，向前，向前
在一片彩云之下渡人
渡一个个疼痛之人
离开苦海，上春花盛开海岸
亲爱的，若刨根
我说的李枝元
血脉跟我们家族密切关联

2019.5.3

行走美丽池州，要这样才行

亲爱的，你的再三叮咛
绝不忘记，进池州
先沐浴更衣，换鞋子
换双软底新鞋。行走池州
脚步要轻，轻轻地走才行

你说，池州的美非同一般
没有天生丽质的惊艳
哪来李白一声感叹
就有十七首秋浦歌流传千年
如今踩着那些韵脚走
千万千万要小心
别踩疼李白那些诗神经
你说，池州与众不同
是卷灵动的水彩画
铺八千二百七十二公里
跟长江有血脉关系
跟黄山九华山有骨肉关系
那一片片洁白如雪的浮云下
有堆积翡翠的层峦叠嶂
有少女心眼一样的河湖
有古今建筑群里的当代人
老街还有杜牧、陶渊明
刘禹锡、苏东坡行踪
还有回荡千年的种种诗情画意

你说，池州你去过，你在意
是你一片水彩画儿好心情
你怕污糟手脚去搓揉
怕出现皱巴巴乌糟糟样子
那样，心疼，很疼，很悲催

2018.5.3

术后三天，烤了还在细煎慢熬

都知道日子好过，一转眼
就是一年几年
谁知道我过去这三天
每过一分钟都是痛苦不堪的漫长

我的时针在烤炉上
酸缸里放慢脚步
过一天
长达别人三百六十天
别人该睡就睡
该坐就坐
该起来走走就走走
每天困倒二十四个小时的我
每块肌肉，每块骨头
都是烤过后
又在细煎慢熬里酸疼
酸疼万分，还不能随便翻身

跟我困倒的人跟我不一样
我是痛苦加痛苦的人
我的肝胆被分割
亲爱的亲爱的
那天我还来不及喊
就是一块人事不知的肉
醒来有骨肉痛苦
还有思念众多亲人的痛苦

几天后见面一定不一样
我是多过几年的人
见到我，定是一个陌生人

2018.5.7

那年那月十七日，术后第四天

白色大楼，白色房间
白色床单被子
医生护士毫不例外
白大褂白帽子白口罩
整个世界洁净白美
毫不回避冰天雪地气象

进医院逛逛就走好
感觉是到白色世界游一游
感觉白衣天使亲切
雪域高原雪莲
白色世界的朵朵生命光环
我不是白衣天使
住进去睡上几天不爬起
是困倒在冰天雪地
睡久了不是享福
浑身骨肉酸疼，极其痛苦

天一亮我抓住回归的活力
开始返回自己原来
掀开覆盖的一片冰天雪地
脱掉病号衣裳裤子
换上自己的衣服一身轻松
我漱口洗脸刮胡子……
我钻出病房
钻出睡过几天的冰窖

悄悄走下白色大楼
走下困过几天的雪域高原

来到车水马龙的大街边
以愉快自由的感觉
走回自在的幸福
路边的垂柳婆娑在阳光里
亲爱的，亲爱的
走进垂柳成荫的街心
感觉回到你的怀里
回到春天温柔波动的怀里

2018.5.7

只愿停留在今天

白天黑夜都躺着
日复一日
不是享福
白天难过
到了黑夜更难过

过了白天
又来到黑夜
整个骨肉身子
躺在一口黑锅底上煎
翻过去疼
每根骨头疼
翻过来疼
每块肌肉疼
起来坐一坐走一走
脱离躺着酸痛
哪怕一分钟
也会感动如雷

这种苦去年就受过
都在农历三月
逃不脱痛苦的人
去年挨一刀
今年挨一刀
不是切就是割
切过割过的人

心里明白，时候不到
躺着不能起来
就是不能爬起来

吃过苦的人命硬
在黑锅底上煎
又把黑锅底熬通一个洞
洞是圆圆的
洞里有红红的火焰
红红的圆圆的洞
是太阳涌现在窗前

今早太阳特别亲热
就像亲爱的又来看我
见了，心里的黑暗
浑身的疼，轰然飘散
这是圆满灿烂句号
了结昨天
痛苦的昨天过够了
不愿再延续
只愿美好幸福停留在今天

2018.5.7

亲爱的，来世我来回报你

亲爱的，明知道只有今生
我还痴迷流传的来世

今生，我是我，你是你
我是铁打的汉子
你是鲜花滴落的一朵蜜
我从那棵花树下过
怀间有个一头撞入的你

满面燃烧红红羞涩的你
我热爱不完的美女子
你带着一颗痴心来
来路边等候路过的我
让我离开硬碰硬的生活
天下一股阳刚之气
在你一笑之中淡化了
收住雄风，活在柔情蜜意

我期望今世生命有来世
来世我来回报你
你做一个今生的我
我做一个今生的你
来世你体会一种骨气活力
闯进温柔快乐
来世我做女人给你
你今生对我撒的娇气

有加有减还给你

你做柔情世界主心骨

体会一回顶天立地英雄劲

亲爱的，爱你今生来世

今生怜香惜玉疼爱你

下辈子我做女人回报你

不怕你投胎改名换姓

生活在深山大箐

我照样找得着你，你放心

2018.5.7

扒开你的良心，让人明白

亲爱的，扒开你良心
我不在心中央
只在心的一个旮旯里

怪不得日子是口大酸缸
起过一些怪你怨气
怨怪你总是不接电话
总是不回短信
偶然电话活了接了
也只听你说一声，忙
就挂机，就没声音
怨怪你三天两头上夜班
头天下午精精神神去
第二天十二点回家来
拖一身精疲力竭
怨怪你吃不完一顿团圆饭
又起身匆匆加班去
说：还有病人等着看
还有一大摞病历等着写

扒开你的良心我全明白
你人在手术室做手术
你一做就是几小时
哪来时间接电话回短信
你人在你的诊断室
病人一个跟一个挤向你

这个呻吟，那个喊你……
个个挤我挤到一边去
我的女人我明白我心疼
你的青春，你的生命
燃烧在白衣天使这天职里

2018.5.8

今夜煎熬每个兴奋时分

想着明早见到你
今夜，泊在梦境外
等待天堂开门放飞太阳

亲爱的，见你，说给你
度过许多想念之夜
来到月圆前夜
分分秒秒心跳激烈
我出远门的日子
一个人的天地一口锅
熬一个人时光
熬到回家的今天
你去上夜班
独居空房的我
继续熬今夜
熬到东方拉开一条门缝
就朝泻来的曙光奔跑

我不去拥抱太阳
不跑进天堂
我是跑向你下夜班路上
医院外，阳光大道

明早，你会淋雨
淋一场太阳雨
那点点滴滴

都是倾诉的思想

夜深人静

我把诉说翻来覆去想

想的过程

熬一锅沸腾的蜜

准备明早彻底倾倒给你

2018.5.8

守护下夜班回来的天使

嘘……轻点，小祖宗
天使刚睡着

守护你，轻摇扇子
娃娃来闹
我悄悄控制好局面

娃娃转身跑出去
拿着十元钱
目标——小超市

闭着双眼的你
心里漾出一朵蜜
流露在嘴角

我不知道
是你抢救了条生命
还是我的守护
自心明白，只有你

我只知道
躺在面前的你
是我疼爱的睡美人

2018.5.8

下辈子的打算让你也满意

最远的思想白头偕老
不！是下辈子打算
如果真的还有下辈子
我不去当神做仙
也不去医院做白衣天使

亲爱的，亲爱三生的你
白衣天使你继续做
继承天生丽质的高雅
彩霞那样的笑容
雪花那种冰清玉洁的心
普度众生的慈航
仙风洒脱飘逸的那旋律

我继续做你情有独钟男人
你爱护天下人
挽救飘落的命
奔波在救死扶伤生命线
怜香惜玉的我
一如既往疼爱你
如果白衣天使你做我也做
好是好在天天在一起
鲜美会看淡的
爱意是难擦出火花的
何况你忙我忙
如何顾得上来疼爱呢

更不会产生这些感人想念

思念是爱奔腾的河
相会是情欢腾的海
你和我每次相见
都是如糖似蜜的汪洋
都是爱与情融合
都是爱与情的魂牵梦绕
烧成一见就饮的醉……

我下辈子打算意味深长
亲爱的，你满意
我继续感天动地
你继续感受我的疼爱
我痴恋的一份情
心里流淌出来的滚滚甜蜜

2018.5.8

摆给日月透视的心，干净

有一个人的心，亲爱的
你比任何人明白
不去神仙世界菩萨世界找水洗
活过三万个日子
再活到四万个日子
爹妈给的那颗心
摆给日月透视
还是大山掏出来的一坨汉白玉

这个人的心，亲爱的
比眼睛干净
眼睛容不得一粒沙子
甚至半点尘灰半点草渣半个飞虫
眼睛会疲劳
会一时半刻睁一只闭一只
放过世上肮脏东西
这个人从小不用任何人指教
扫地，不放过旮旯
洗脸洗脖颈耳朵
洗衣裳不放过领口袖口
日子过到今天
还是那个十分爱干净的脾气
落脚哪里，哪里就窗明几净
桌面地面整洁透亮
回到阔别已久的家里
夜再深，人再累

也把任何一个地方收拾干净
躺下，一切才放下
倘若丢着一间房子不打扫
心上就有一块地方脏
睡到半夜三更都是睡不着
都要起来弄干净
才舒舒服服入梦睡去
离家出门每一次
走前，把家收拾干净
路上才轻松愉快
不然，心就一直感觉是脏的

这个人说话做事不带肮脏东西
说过的话，做过的事
清爽，圆满，漂亮
晚上躺在床上还从心上过滤
检查检查给亏欠谁
确保存心的每句话每件事干净

这个人，从来不怕天敌泼脏水
日子过得自信
自信是大山掏出的一坨汉白玉
迎面遭遇污泥浊水
再剖开心，还是光照日月的亮洁

2019.5.9

左心室立夏，右心室立夏

离开春天直奔夏天的日子
亲爱的，在你我心里
左边重视，一片片汗水记忆
右边忽略，稀里糊涂
就从这个日子里混过去
过后明白过来
还是秧草穿鱼卖的提醒
明白时候，内疚，怪罪自己

左边是汗滴禾下土的立夏
汗流满面，一滴追一滴淋漓
泡童年，泡少年
泡东北面山坡地上的小将
泡东南面山坡地的小妮
泡挑水浇地直起腰来望天的人
立夏的日子总是失望
你失望，我失望
千人万人，村村寨寨失望
立夏滚着一天比一天火的火球来
不带一丝一片阴凉的云
别说还洒几滴雨
如若下场大雨应节气
那么，敲桶敲盆敲罗锅
满山满坡满田满地
就会伴随欢呼轰然响起
哎！常常事与愿违

立夏不下雨，犁头高挂起

立夏不下雨，秧苗栽不下去
种下的苞谷大豆南京豆
靠两个肩膀挑水浇
上学，三天打鱼两天晒网
遍地经常发生的事情
鸡窝里收不着蛋
作业本上一双筷子一个蛋
接二连三吃
蛋，个个带新鲜血迹，恶心
泡过汗水的田地
秋来歉收，肚皮：空瘪谷粒

右边是转移的你我转移的田
长大的你我转移进城
起初在一页页纸上种文字
后来在电脑上种
收入吹糠见米
月初种，月底收入人民币
往往，立夏过去无知觉
窗外火热窗内凉，不影响神经

2019.5.9

你的爱情没有找错人

门前路边，我栽树种花浇水
招收音色美妙的飞鸟
门前路上，我铲高填平清杂
打造这样一个环境
不为别人，只等你来
你来，迎接你的我
请你从树叶亮闪的绿荫走过
从鸟语花香里走来，好啊好啊

家中的楼上楼下，院里院外
地是我随时扫净落发灰尘
随时用拖把拖了又拖
每块地砖天天水汪汪地亮
窗子是随时抹了又抹
扇扇都是洗心革面的蓝天
家具我做成耐看的美文
墙壁我刷一遍又一遍月亮奶浆
打造这样一个环境
我不为别人，只等你来
你来，欢迎你的我
让你安逸度过今生今世时光

储藏室有我的日积月累
红红绿绿是山珍海味
回荡着山林的风海潮里的浪
甜甜蜜蜜的是甘露酒水

回响着天精地彩叮叮咚咚

打造这样一个富有世界

不为别人，只等你来

你来，牵你进门的我

打开一个个五彩缤纷日子

让你尽情欢爱在我的这个世界

这些，原来不说你不知道

今天知道不早不晚

你是我的最爱

你来，我请你庆幸

你的爱没投错人，情没找错人

2018.5.11

爱一朵湿漉漉的海绵云

亿万大山小山，芸芸众生
其中一座，就是我
我有我的自尊
庄严地位，寸步不离
除了大地母亲心痛
我会剧烈发抖甚至崩溃
百万雷霆轮番轰炸
也不会心惊肉跳避让三分
何惧虎踞巅峰
咆哮石岩丛林杂草
更不计较乌鸦飞落黑点

我有我的爱，一个专心爱
爱一朵湿漉漉海绵云
白莲一样绽放
美人一样开心笑笑
洋洋洒洒雪花膏
抹我一脸一头
美人一样甩甩一头水漉漉黑发
叫我痛痛快快淋场大雨
春也，夏也，秋也……
留恋在我的巅峰
欢腾在我的怀窝
尽情地给我一次又一次滋润

自古云儿有云儿自在高天

山有山的坚定立场
我是群山其中一座山
自从大地脱胎出来
当头就有来来往往的云
不留步的是过山客
朵朵飘逸，朵朵柔美
我爱我的湿漉漉海绵云
我不求天天寸步不离
只求年年来几场雨
滋润我满山红红绿绿

两年前云儿远游天涯海角
这样云，那样云
湿漉漉的海绵云
至今不见踪影
干渴的我枯落许多红红绿绿
去年我进入紧急状态
再继续下去
会渴死成鸟儿叼不走的沙粒

我是青山，再高再大再巍峨
也离不开云的柔情滋润
别再说云是山谷里出来的

2018.5.15

是金子，不一定会发光

广场上，大街人行道上

常有人写字

直接写在地面

有的手提巨大悬笔

有的手提扫帚

他们蘸的不是墨

是桶里的水

写下的字见不得太阳

见不得风

边写边被太阳收走

边写边被风刮走

不留痕迹

他们的字写得很好

不比有的名家差

楷书端庄大气

行书草书如行走龙蛇

他们是金子

还没突破毛石

就发不出光

过往行人都为生活匆匆忙忙

不是各忙各的

不留心在意

就是早已散失围观兴趣

不是很多人不懂

是说出来的话甜么甜

就是缺硬气

亲爱的，我知道其中秘密
不突破原生态
不进那个圈子打磨
进不了那个圈子
头上就没光环
就搁在自我消遣的沙滩
过完若干年
就风化出一个无影的空白

2019.5.19

阎王小鬼埋没你，毫不留情

是金子，总会发光
幸运儿喊声响亮
那些岁月不是这样

远到天边的那些岁月
谁落在阎王手上
别说会生翅膀飞不起来
整得个五痨七伤
不整死就是福
谁落在小鬼包围圈
明抢你的果实
还叫你出不得气
感觉自己是头孤单的牛
个子大到出众
却让叮到身上的狼群
咬的咬，撕的撕
捞出肠子扯
叫你分分钟置于死地
如果不是这样
就伪装起来暗暗窃取
不是遮蔽阻拦
不让你出头露面
就是歪曲你
泼你一身脏水
就是放大你脸上一个黑点
叫你出洋相

就是抓住辫子一个劲抖你
甚至一不做，二不休
挖个深坑埋你
十八层地狱
是小鬼发威发泄的地方
埋你是痛快事情
埋你还踏上一只只脚
还口念咒语
谁叫你光芒四射不收敛
让爷黯然失色
这回叫你试试看
什么叫永远没有出头之时

亲爱的，走远的那些岁月
有人因为展露才华
死在阎王小鬼的手上

2019.5.19

大路小路，你放心大胆地走

现在，跟前些年大不一样

前些年，城里大街小巷

夜夜落地的黑

有早起的环卫人扫

大家上班，他们下班离去

疲惫的身后

留下一条条清爽阳光路

让你让我让大家舒心愉快走

然而，每逢夜晚

上夜班下夜班的你

还是不敢走

尽管有路灯光照

还是有小巷深处的黑影扑来

还是有恶狗袭来

你打一一〇，喊警察

黑影跑进保护伞

恶狗溜回深宅大院

更何况荒天野坝

乡间巷道山路

黑影活动，恶狼毒蛇活动

形成黑恶势力

现在，东风雄起劲吹

城乡一起大扫除

跟从前清匪反霸锄奸一样

扫除黑影恶狗恶狼毒蛇

扫除苍蝇蚊子垃圾

清除保护伞

清除狗窝狼窝蛇洞

清扫一切藏污纳垢角落

大家眼里的城乡

条条道路净化亮化

日日夜夜都是光明康庄路

亲爱的，你上夜班

下夜班，下乡送医送药

走城乡条条大路小路

你大胆走，放心走

百忙中，我不用再接，再送

2019.5.20

从此，你不再有太长牵挂

我去昆明，再从昆明回来
思想跑上瞭望坡的你
从此，不再有太长牵挂
现在不是三四十年前
已是童年翻过一页页连环画

昆明—大理，往返一千二百里
跟赶乡镇街子一样
早上朝着太阳走
群山迎面奔来宣泄过去
风驰电掣，穿越壮阔波澜
办完事喝过翠湖水
折头撵着太阳回来吃晚饭

水目山的风洞默默不语
采买神僧阿标头陀进进出出
端来昆明汤圆冒热气
端来大理饵块还烫……
千年的传说做下酒的神侃

爷爷东进西出昆明大理
骑马走路九关十八铺
往返二十六七天
躲不过毒蛇瘴气豺狼强盗
灵魂是过眼烟云
滇缅公路比古驿道好

父亲到昆明，再回家
往返八九天十天
车是烧炭烧水启动的车
你我少年进出昆明
途中都掏证明睡楚雄
从前的旧事是下酒的史话

三四十年来天地大翻覆
有铁路高速路飞机场
许多人家有小轿车
远离了恐怖的险象环生
沿途山清水秀春风
到昆明，再到家
坐飞机，往返两个旽
坐动车，往返四小时
天上地下风驰电掣
我去昆明，再返回
从此，你不再有太长牵挂

2018.5.25

老乡见老乡，两眼泪汪汪

你是一粒火炭，别说风吹来
只要迎着吹口气
就熊熊燃烧
别怕家乡有封皮
那是纸，草纸
怕你燃烧成大火，包裹你
结果一次次助燃你

老乡见老乡，两眼泪汪汪
不是久离故土
举目无亲，突然遇见
激动得泪水盈眶
或是在外落难
遇见老乡得以搭救
你心门洞开，泪水盈眶
或是窝里斗
老乡整老乡，往死里整
还踏上一只脚镇压
亲爱的，那些年
爹积极，成为提拔对象
老乡跳出来，揭发你爷问题

硬把一潭清水搅浑
等澄清，你爹的春天已过去

亲爱的，俗话老乡见老乡

两眼泪汪汪

说的是两个境界

那个亲你助你

是同一方水土养大

这个百般毁你

是心生嫉妒

怕你出类拔萃超越过他

2019.5.26

世态阴晴炎凉的照片

亲爱的，近的不一定热
远的，不一定冷
你瞧朋友圈，文友群
有的，人在远方
心不远，不冷
他们和她们只看作品
和一不小心
从作品里暴露的人品
从来不看
也看不见你的人势
你的颜值
你可利用可开发价值
他们和她们
日复一日关注鼓舞
从来还没有见过一面
他们和她们留言
你随时摸一摸
都摸得着一颗颗心滚烫

亲爱的，朋友圈，文友群
近处的，有忠诚
有人近心不近
也有亲热两天三天
就悄悄跑远
人近心不近的心是冷的
这些，你不问原因

包括离间

你纳入情有可原就行

自知之明好

只有怀揣星星文字

没权的手，太阳晒黑的脸

亲爱的，朋友圈，文友群

有的，人和心

不远不近，不离不弃

你发作品他点赞

点赞是收费的

大红请柬送过来

婚后潜水度蜜月度蜜年

第二次点赞

在女儿周岁宴请前

这种实用主义

司空见惯的，哈哈

笑看世态阴晴炎凉，你再言

2019.5.28

诗心聚在一朵莲花慈航上

在这片水域行走，读诗，写诗

走万里路，读万卷诗

写尽人间诗情画意，亲

风来有浪，别怕，是碧波荡漾

雨来，别怕，有伞

青色的伞，打在头顶

只会秀色流淌淋漓

雨后，朝天的漂亮伞叶

会兜留一粒养魂的晶莹水珠

吮吸热情的阳光

何况有同行朋友，不是一个

是一群，个个像你

怀揣着诗情奔放诗心

何况摆渡人，德大人吉祥

八字注定，命硬，命大

何况坐的是开在辽阔水域的慈航

举一叶好大的青色阳伞雨伞

青春正好，风华正茂

开一朵红莲慈航

鲜亮一朵菩萨热血心肠

由德大命大吉祥的水手摆渡

渡一颗颗活泼诗心

亲，有你，有姐妹兄弟

日久天长，修行到家

聚在一起的诗心，你的诗心

都大发诗情
你口一张，吟出来，喊出来
都比唱出来好听
叫我左一眼看见口吐莲花
右一眼看见是滔滔不绝好诗句

2019.5.29

见识过的这些大诗人

亲爱的，上高处逛天上街市

见识女神之郎郭沫若

认清有的人活着不活着

不是医生，是臧克家

几回回梦里回延安

醒来望见云中的神，雾中的仙

是跟贺敬之游桂林

去王贵与李香香家做客

是李季带路搭桥

走啊走，带着南方甘蔗林的风

刮过北方的青纱帐

走进团泊洼秋天

向郭小川鞠躬再鞠躬

去看黄河落日，遇见李瑛喊

我骄傲，我是一棵树

喊声里，千树万树回应，回春

回春见识更多诗人徐志摩

闻一多、李广田、艾青

卞之琳、何其芳

牛汉、屠岸、洛夫、昌耀、余光中

见识新人北岛、舒婷、顾城

梁小斌、王小妮、海子

见识滇池边上于坚、雷平阳……

海子真名叫查海生

面朝大海，春暖花开

反成了背靠青山绿水长流的向往

亲爱的，在国内见识大诗人
都因流传广泛的佳作
摊开一页，是一片浪潮
看见的心是海
海纳百川，有容乃大，碧波荡漾

2019.5.28

游大理，五月底你来你去

来，带着甜蜜来大理
甜甜蜜蜜来
走，带一身大理风采神韵
带一颗大理花香的芳心

明天后天，我去转一转
漫步的地方
万千游人的甜蜜
覆盖不了你留下的甜蜜
在上关花
在三百里洱海碧波
在洱海月
在红龙井，在三塔倒影
在蝴蝶泉，在双廊
在南诏风情岛
望见你笑眯眯滴落甜蜜

踏着你还有温热的足迹走
吸一吸气
有你芳心散发的芬芳
回荡在风里
下关风吹哪里
哪里就芬芳
你的芬芳来自你心苞
你心苞的香
来自上关不言凋谢的花

望一望你

望见你带着苍山的清秀

清碧溪的甘洌

七龙女池的朵朵俊逸

和洱海深情

洱海月照的地方

有你带一身大理风采神韵

可惜，五月底了你才来

见不着苍山雪

苍山雪，烈日的冰糕

已被骄阳吮吸

还好，吃过冰糕的太阳不热

2019.6.4

走进夏天，你快把裙子穿起来

夏天里的美女更美丽
只因夏天热情
让冬春层层包裹的美女
脱颖而出
过上穿婚纱的美日子
让轻松愉快的心
轻松愉快的细胞透气
透露一身秀气
穿裙子的美女更美丽
热情夏天，爱美的美女
都把裙子穿出来
穿出莲花盛开
穿出仙的潇洒云的飘逸
大胆暴露的地方
是羊脂玉一样长腿
藕一样出色的雪白长臂

亲爱的，活在传统思想里
春捂秋冻
过完冬天过完春天
还不解放出来
不像爱美女人，别说春天
就连冬天也穿冬裙
让青春期的美丽
表现，一天都舍不得缺席

穿吧，把裙子穿起来

要什么裙子就买

红的黑的蓝的紫的绿的……

布的丝绸的网纱的

长的短的超短的

连衣的，不连衣的

各种各样款式的

只要穿出最美的风采

你就买，就穿出来

过好青春期

且，你是世界一员

你打扮的不仅仅是自己

2019.5.30

坐在街边休闲凳上等你

在闹市街边等你，不累
坐在休闲凳上安逸
也不急，你多会儿来都行
街对面是个小超市
门口两边，对门这边两头
流过来的部分四川贵州
跟部分当地一起
摆放部分新疆海南西双版纳
当地的我，没当地感觉

摆放的是水果饮食小菜摊
水果应有尽有
杨梅桃子杏子车厘子
西瓜苹果桂圆荔枝
香蕉芒果蓝莓
枇杷葡萄哈密瓜火龙果
随时解饥解渴
守摊子的多数是年轻少妇
有怀里奶着孩子
也有身边玩着孩子
四川贵州口音
夹杂着当地口音
超市剥出来一粒新鲜荔枝
实为超市新鲜人
似咬非咬一颗车厘子
实为口红豆米嘴

263

想再看看，已转身进去
身后是私人诊所
半天，还没一人来看病

等你期间，爱盯着街心看
盯着你来，盯看行人
爱看美少女美少妇
不独是我，是男人天性
看七看八心不动
姿色没有一个超过你
还难见内心灵魂
行人带走时间，你过来
腾起的我，目光被你收过去

2019.6.3

六月：捧着童心，情爱热烈如火

来，去过六一儿童节

来，去过六一儿童节
不穿开裆裤，不要尿不湿
太小，太成问题
去托儿所，让阿姨太淘气

穿上喜欢的粉色小衣裙
带上擦鼻涕小纸巾
来你妈我妈望过的路口
我面向初升的太阳，等你

竹马已备好，冰激凌在手
你来，右手牵你
不去小学，只去幼儿园
去赶今天六一儿童节

途中你说不怕羞羞的话
闻风飞来的小鸟听了还想听
你说长大嫁给我
我说好，拉钩，上吊
你我齐声说，一百年，不许变

2018.5.17

过了五一，爸爸妈妈越活越小

五一那一天，五一那一天

还说是你们的劳动节

爸爸当的是男子汉

游山、吹牛、上游泳馆

妈妈做的是阔夫人

开着奔驰上街逛商场

两人什么劳动都没有干

我找小伙伴玩，放心大胆

五四那一天，五四那一天

你们大人忽然年轻了

爸爸说，放一放

天事地事全都放一放

出去洒一洒

摘樱桃，吃烤羊

自己还是初升红太阳

妈妈说，乐一乐

谁的地盘只有谁做主

风光，我说了算

自己还是玫瑰花，刚刚开放

六一这一天，六一这一天

爸爸妈妈跑来幼儿园

来过儿童节，来看我表演

看那痴迷高兴劲

待在我的一双眼睛里

全是忠实我的一对小伙伴

2018.5.17

声泪俱下的呐喊

谁见过一条七尺汉子
顾不了光天化日
丢开素有的形象风雅
不管大街小巷
人来人往人前人后
一会儿小跑
一会儿气喘吁吁地大跑
一会儿停下来
东张西望地大哭大喊

最特别最震撼人心的情景
是声泪俱下地呐喊
叫着一个女人的名字
喊着你在哪里
你在哪里
毫无顾忌的一股声音
在大街小巷闯荡
像一道紧接一道的闪电
撕扯着快要掉泪的云
喊到声嘶力竭
哭到绝望伤心
是众人围观下的泣不成声

伤心悲恸欲绝时
身后有人猛烈摇晃肩膀
别哭，别哭……

快醒醒，快醒醒
她爸，她爸，我在你身旁

原来是梦，是梦
是梦虚惊一场
脱离噩梦的七尺汉子
擦擦眼泪
翻身抱紧身边的婆娘

听过男人诉说的女人
控制不住心情
边哭边安慰
梦不是真的，不是真的
我永远陪伴在你身边

2018.6.2

跟什么人走，有什么样前景

亲爱的，跟着好人学好人

跟着师娘跳假神

两句童谣两条大道理

从上辈嘴上传来

在你我心地滚瓜烂熟

口里嚼来转去

见你跑入其他团伙

我大喊大叫

吼帮大喊大叫

都一个劲地

直至把你喊叫回来

才收兵回营

见我泡入其他团伙

对付我，你也跟着这样做

成长路上玩着，跑着

跑大，你暗送秋波

我心领神会

你我悄悄扭成一条绳

我跟你，缠你

你跟我，你缠我

谁也不放松谁

心盘在一起，一条绳

长长一条绳

公开亮相，系长长幸福

亲爱的，小童谣，大道理
大群体小群体
都是大世界小世界
跟着光明磊落走
太阳高照，花开前途
跟着阴气邪气走
不走阴沟，就走入死胡同

2019.6.5

因为你，我才来世上

对你坦白地说，这个世上
原先我是不想来的
因为人生在世
不是一生幸福到底
是有苦吃有罪受
这种真情实况
我还没出世我就知道
爹妈的种种磨难
没有跑出爷爷奶奶血统
因为你执意要来
不放心的我
怕你独自吃苦孤单受罪
才提前跑来
来为你打通来路
在耐心的等待中迎接你

你走来的路平坦笔直
在阳光里花丛中
大的一些流血战争
小的纠纷摩擦明争暗斗
疾病的折磨疼痛
天干天冷造成的饥寒
地震的惊魂恐慌
死人留给活人的悲伤
已埋在路边花下
做了万紫千红的复合肥

前边的路我陪着你走

逢山踩着山走

哪怕雪山也踏在脚下

逢水牵着你过水

哪怕惊涛骇浪也化险为夷

你我一路少生儿女

只生两个，最好生一个

别人也这样做

让世界宽松地球轻松

世上的人少生多少

就少多少人经受痛苦

别的不消多说

只说天灾病痛死亡

防不胜防地发生

地王爷躲也躲不脱

世上的人太多

友谊会少人祸会多

争地盘争资源

战争，接二连三地发生

来这个世上，来了

就来了，日子认真过

既来之则安之

前面风雨交加也好

阳光灿烂也好

我既然选择了你

等了你，成了伴侣

就勇往直前，义无反顾

你我飞，比翼双飞

走，携手同步

不怕生老病死追随

不怕风言风语

蹿进林子挑拨离间

沿途招雾引霾

泼脏水撒烂药污蔑

你我精神不倒

天天前进，前进

叫那风言风语

不呜咽，也失声痛哭

2018.6.3

你是这样一个人……

亲爱的，你说的话
舌头裹着滚过
没一句不婉转，不酥，不柔和
不动荡我的心旌

你张口说话，笑逐颜开
笑声伴随话语
爽朗透明
没一次不开心
如我心上花开声音
银铃一样响亮
你红润的脸庞
同是阳光里的一朵桃花绽放

每逢好事你就喊我
幸福时光，带我一一度过
那次大庆典
你唱主角，杯来盏往
醉了，还念念不忘照护我
那次集体出游
身边位置，公开给我
我一路有你相依
别人的眼神
有一些羡慕，一些燃烧妒火

亲爱的，你这样一个人

咋不叫我热爱你

几十年过去扒开心口来看看

我天宽地阔世界

燃烧的还是热爱你的烈火

追究美好原因

还是你啊你，从未离开过我

2018.6.4

跑到叶莹画上的年轻情侣

来到约会的地方，圈门下
跑过一段相思极了的路
你一盆情火激烈起来
我一腔热血沸腾起来
都到了情不自禁地步
哪顾得上喘喘气，喘口气
管不了光天化日
不远处的窗户半睁半闭
南山展开怀抱北海扑进去
抱紧，抱紧些，亲爱的
谁也不愿意放松谁
吻，默默地默默地吻
透露的是一场轰轰烈烈
继续，继续，继续
直至满脑子昏天黑地

看叶莹画面上的情侣
好眼熟眼热眼馋，好羡慕
我去看我亲爱的
常常只能偷偷地看一眼
亲爱的是白云的女儿
做白衣天使，穿白大褂
像画上穿白衣裙的美美少女
亲爱的总是忙着救死扶伤
不是群星捧月
也是雪莲花开人间人群里

2018.6.5

279

看着她，看见从前的你

亲爱的，你来好好看着她
能看见你我的从前
看模样，看说话
看种种大小动作
从眼孔看进内心深处灵魂
从毛孔看进血脉
都一半像你，一半像我
都是你我特点结合
仿佛你我一次重生
经过糅合，糅成一摊泥
捏造出温暖新鲜漂亮的她

亲爱的，我的从前我认得
你的从前，有些形影
看她成长过程
从中还会看透生命轮回
不等死后托生
从你我开始结合
就播下生命延续种子
从她出世生长
你我的生命就开始更替轮回

哇！哇！哇……哭声洪亮
她出世见我，是惊还是喜
她会笑会翻会滚
会坐，会爬，会走

会甜甜地喊妈妈爸爸……
学猫学狗学鸡叫
会叫你叫我疼爱不已
她要这样你买我买
她要那样买！买！买……
翻过三岁，开始骄横
想咋样就咋样，不允就绊命

亲爱的，我每次看着她
都看见从前的你
你现在时不时霸道骄横
更像三岁四岁的她
都是过分宠爱养出来的病

2019.6.10

今年，我这样歌颂屈原

纵身跳下汨罗江那条身影
后来我和我的女人
总是从每一片水里看见
冲进波涛是剑一样一道闪电
追来的战国湘夫人
来不及拉，来不及喊出声
满江惊涛骇浪
忽然风平浪静地还原
只留下江岸拥来的悲伤人
历代一些诗人百姓
还有当今我和我的女人
年复一年端午节
汨罗江边人去人来
江里有龙舟有许多人
只找到一波波有声有色纪念
读屈原诗，演屈原戏

屈原跳江年年端午祭屈原
后来我和我的女人
总是从水里看见
那些人的眼中钉肉中刺
还在，流水千年千年
还不生青苔，锋芒还闪亮
我和我的女人还看见
屈原跳江消息传开
国贼奸佞冷笑三声推杯换盏

流浪百姓哭向江边
江水涨潮，浪打三千里失地

国破家亡，百姓流离失所？
诗人屈原，仰天长叹
跳江，义无反顾
直叫三千河山三千岁月
及我和我的女人
敬佩一股敢死英雄气
面对照耀历史的流水我反思
国破山河在，民心还在
屈原，我的祖师
我和我的女人
还是希望您英勇地生活

活，把敢死勇气存在铁骨
做那些人眼中钉肉中刺
继续牢牢插着
不剔不自除
做那些人的拦路虎
拼命不让步
继续写出更多壮丽诗章
给千江万河流传诵读
英勇牺牲，英雄
死，拼到病死老死
也英雄，多活三年五年
更大的贡献，更加波澜壮阔

2018.6.6

那年过端阳，有你相伴

那年那时总是这样想

你来自湘夫人血脉

不然咋有水灵灵诗意

《离骚》风情

汨罗江水流过千年

你踏波逐浪追来

脱胎换骨轮回一次次

奋力来到我身边

十分希望屈原精神再现

香囊芬芳的时光

你解开两个糯白粽子

下三杯雄黄酒

摇身一变，甘心为船

我手持双桨

左手，气贯长虹

右手力挽狂澜

桨儿一动，船儿激荡

心花怒放

浪漫一条大江

人，水上飞

直奔《天问》主题

水上我用艾蒿提炼虎威

菖蒲做剑

剑舞屈原神韵

电闪雷鸣

做笔，运一口气

蘸一江碧水

狂草《天问》神句

龙飞凤舞

船到江心浪尖

剑笔并用

借你灵气屈原神气

披荆斩棘

谁拿江山中饱私囊

劈斩谁

来个闪电霹雳，咔嚓啦

2018.6.6

想过屈原，就想你

纪念个人的传统节日

千百年来有端阳

节日享受纪念的人

古往今来有屈原

屈原，屈原，屈原是诗人

诗，写给一个国家

震撼一个国家灵魂

历史上的今天

他用生命造就一个惊叹

百姓敬仰他

每年这天纪念

他享受天高地远待遇

多少帝王鞭长莫及

亲爱的，我是现代诗人

差距屈原十万里

这回写情诗，突破不了自己

我的天地有个你

相依为命的

这个端阳，想过屈原

就想回娘家的你

你爱我，爱我的诗

足矣，知足矣

这回写情诗传送你

过端阳，过出风雅情趣

2018.6.6

请循着古迹找着来

踏着你们赶骡赶马走的路
感觉你们脚下的余温
再调动双耳回廊
回响大铃二咕咚咕咚铃
回放勾魂赶马调
二伯父，四叔父，马锅头
你们歇店的宾居
七十几年后的今天我来
攥着初升太阳来
来一条热心热肠街道
过一带一路诗人节
开一个丝路宾川越析诗会

你们在那个不见天日世界
知道我来，肯定动情
会在今夜过来吧
二伯父，四叔父，马锅头
我知道，你们的处境
光天化日不行动
必须夜深人静，不动声色
若来，你们就来
我先跟大王庙大王打招呼
他的地域他做主
若来，过分粗心大意
会晕头转向迷路
许多土木结构民居变样走样

骨架已经是钢筋

包筋包骨的是混凝土

面子是白是红是黄的瓷砖

骡马早已无影无踪

让道给来来往往大小汽车

若来，听我的

请循着几宗古迹来

大青树、大祠堂、文昌宫

清真寺、龙井亭还在

被人当作值金当宝的还在

你们走越析路

从东普门进，走街串巷

进还在的马店，暗笑

天亮前走西普门轻轻地出去

亲爱的，灵魂世界是活跃的

沟通是默契的

我跟二伯四叔默念默念

他们和马锅头一定有感应

2019.6.10

给她吃下一颗定心丸

亲爱的，我坦白，我交代
我光明正大
那个遇见就不轻易放过的女子
六月七日又在宾居有遇
她一见面就开心
我就给她吃下一颗定心丸

亲爱的，你我新婚之夜
闹房的一哄而散
世界一下子就完全平静
静到只听见你我心跳
只听见我喘着粗气
你呢，细气如丝
掩盖怀揣的兔
闹房闹得你我心慌鹿跳
还好，睡前吃定心丸
你我一人一碗汤圆
汤圆下肚，心神安定
你我纵情一夜，如糖似蜜

亲爱的，遇见她，握着手
样子，又怕离去
我赶紧给她吃下一颗定心丸
那不是别的东西
只是一句心语
情人果——滇橄榄

走遍四面八方

回味甜滋滋的还是你

要，就只要你，说一不二

2019.6.10

端阳，我们随意过

亲爱的，走，去游汨罗江
祭拜过屈原，还有性情
又双双飞杭州
躺在西湖碧波上梦许仙白娘子
再回云南逛宜良花桥

宜良花桥卖花四百年
年年花街赶端阳
岁岁人不同，年年花相似
今年你我进花街
多两张新面孔一对新人
人是其中花，花是其中人

亲爱的，如果不去远游
我们就泡苍山洱海
下关风吹上关花
大理古城坐落花潮间
满街姑娘头戴花环
买一个戴给你，做个花娘
红龙井前拍个照
留住花开情郎心口影像

如果想原地不动地休息
就窝在彩云下面
把艾叶菖蒲挂在门头
高悬虎威长剑

把花花绿绿留在外边

吃粽子，喝雄黄酒

放开自己，宽松过端阳

2019.6.19

看一次大海，改变一次心态

每看一次大海，亲爱的
感想太多太多的心
都来一次开阔
看见大海那一个瞬间
跑向大海的过程
站在海滩面向大海时刻
心的两只眼内
就到了清一色境界
都是海岸线放马过来
放任奔腾的碧波
都是先入为主的雪浪
在纵情舞蹈喧腾
无拘无束，无休无止

每看一次大海，亲爱的
你的心境我的心境
都有一场内容大替换
那些看厌过的风景
以及生产垃圾
随地大小便的畜生
惹你不高兴的事
叫你积怨积恨太多的心盆
只有污浊气团叹息
都在看海中荡然无存
整个心脏，胸怀
都激动着坦荡起来
全是蓝天掉进心怀的清爽

2019.6.19

293

站在沙滩上的那个男人

盯着天边的海岸线
盯上涌来的碧波
盯上涌来的层层雪浪
盯上跑入海浪的一群姑娘
盯上其中一个少女
盯上少女的笑脸
盯上少女突出的挺美
盯上少女的领口

男人的女人开始喊男人
连喊三声
泥牛入海无声无息
第四声，有回音
全因女人一口怒气冲天

喊什么喊，催……催命鬼
老子没看够
女人第五声是霹雳
男人忙转身
再回头，姑娘们飘然走远
男人叹气
唉，吼跑了最美看点
女人骂，哼
江山易改，本性难移
花花肠子花花心
不跪搓衣板，也跪榴莲

2019.6.19

心灵爱语栖息小所

众多少男少女来了走了
寄托的情思没走
还挂在墙上叙说心语
每颗钉子悬挂七片八片
几十几百颗钉子
高挂几百片几千片
每一片小情思
不是一叶少男心境
就是另一叶少女心境
望着外边那片海
就等吻合的另一片光临

心语雪片一样，这片醒目
命再大，一生也很短
想吃的就买吃
想玩的地方，就快去
想找的人，就去找
活着，就活出快乐心境
别让迁就耽误自己
总有一样开胃
总有一个地方解愁散气
总有恰到好处的人
恰如其分，适合自己
合意的，到手好好把握
别大意，别犹豫
大意犹豫都会错失良机

心灵爱语栖息的小所
叫音乐餐厅，涠洲岛南湾
结队成群，面向大海
单飞的爱，走一批来一批

2019.6.19

百龙舞蹈，为我，为你

今天，跟大海背道而驰
坐动车远离，回家去

无论走多远，再过多久
我始终相信
过去几天的百龙舞蹈
为我，为你
是大海深情，百龙盛情

你我不来到大海沙滩上
就没见百龙舞蹈
你我背离大海走远
也不见百龙舞蹈
只有你我在海边的日子
才是眼见为实
别人说，你我不来海边
百龙照样舞蹈
我始终不信，耳听为虚

昨天，前天，前两天
沙滩是你我看台
身边众多红男绿女
我始终认为
不是随从，就是追随
百米千米海岸前
都有成群舞蹈的白龙

它们从眼前百米之外涌出

咆哮着奔腾过来

条条追逐纵舞

每一条来到沙滩就撤退

你才见它潜下海面

转眼，又见它从远处涌来

2019.6.19

你我每逢夏至这一天

这一天，太阳都起得最早
睡得最晚最晚
是一年里最突出一天
太阳最早出来看你看我
最晚离开你我
生怕少了关照就有欠缺
这一天，太阳都爬高
爬到年内最高点
生怕这一天走开的你我
这个在东那个在西
让她不到最高点就看不见

这一天，如果你远在天边
阳光金线扯得最长
月光银线扯得最短最短
我想你的时光最长
梦你的时间最短
短到刚刚梦见你花开
就一个激灵醒来
醒在雄鸡叫来的一片阳光
这一天，热起来的风
吹来的雨点
落在你身上我身上
热乎乎的，不再有一丝寒冷

这一天，今年这一天

我在神州这边，你在那边
这边，大西南，晴
那边，大西北，雨天
叫我心焦，心疼
那一边，见你漂亮动感情
击鼓打雷，一声，二声
就欢喜得泪流满面
让你在微信里直叫冷
你从天热的这一边出门
轻装出发，穿短裙
拉杆箱里，也只是有长裙

2019.6.24

刻骨铭心的爱

有这样一个词
锋芒直指特别事情
针针见血算什么
是刀锋——扎入骨髓
刻下条条印迹
是刀尖在心上铭记

有这样一个地方
在心灵深处
那里回味的事
是难忘的特别事情
如流蜜甜透心
如掉进苦海苦透心

有一个人不薄情寡义
谁对他好
他把心交给谁
那个人是我
亲爱的，当初找对象
踏破铁鞋
倒在伤心点淋雨
等到打雷扯闪
望见你来
爬起来求爱，你给
意外的惊喜

成全刻骨铭心爱情

由此我报答你

赴汤蹈火，在所不惜

2018.6.21

联想过去的传奇

亲爱的，想你，想你
心潮天天澎湃不息
今天想你的现在
联想过去的一些传奇

你是英台我是山伯
过去化蝶
如今转世
发生现在美妙事迹

你是一朵含蜜的花
我是一只蜜蜂
专心采你的蜜

我一路飞来都见花朵
向我开放精彩
有富贵华丽的牡丹
大红大紫的杜鹃
素雅洁白的玉兰
百花争艳万紫千红成群

你在花花世界
难以惹人注目
飞进花花世界
我依然一眼认出你
飞，向你飞来

你欣然开放
闯进你花蕊里
我毫不犹豫，洋洋喜气

那是甜蜜美妙宫殿
是你开放满怀甜蜜的心
我把真情留下
今生采花蜜，只采你

2018.6.21

心系缠缠绵绵的你

你心底的一往情深
暴露在我面前
你一想念，我就出现
你闪亮惊喜的双眼
是醉美的两汪情人湖
左边那只饱含糖
右边这只流露蜜
我若对视你一眼两眼
会甜透一颗心
收不回痴迷魂
你为我储存已久的话
是我一坛忘忧酒
好久好久等我开
你放射魅力我挡不住
醉乎乎倒进一腔柔情里

读你风生水起的来信
听你火辣辣的耳语
我心旌飞扬
我爱喝这坛忘忧酒
喜欢左一杯右一杯喝下去
直达醉生梦死
你春风激动的美长发
生长你万缕情思
丝丝缕缕拴我心
叫我心系缠缠绵绵的你……

你是我今生爱不够的人

白天你忙里偷空想我

转身会见我追随你

夜晚你想我想得迷糊了

入梦会见我望着你

如果梦中我见不到你

爱心一夜无法送给你

我会撒满天星星点点红豆

天亮你见遍地露珠

就是满天红豆下的相思雨

2018.6.21

满怀的心事，都是想你的事

今天满怀的心事清一色
从我这里弥漫开来
直达你那头天边
就像现在夏天的原野
碧浪滚滚的精彩
从这里的天边涌起
浩浩荡荡跑往那头天边

我满怀蓬勃生长的心事
都是想你的事
跟天下人天下事没关系
心里有你甜甜笑容
心事条条细节流淌花蜜
蜜水闪亮你的身影
曲折情节流放热烈朝气

心事有你亲吻那一小口
有你扭的那一小把
有你打的棉花锤
有你送汤喂药一回回……
心事从头至尾快乐不已
今天心事接二连三
日子不同凡响
心中有你相伴我很富有
尽管你人在远处
我抓不住一丝过往的风

2018.6.21

是你锻造的成功爱情

你爱的人，想你
你不在身边时
就有烈火烧心
他这样想你不断
原因在你释放魅力
是了不起的你
锻造的成功爱情
远方的你
感应远方的他想你
你的心在产情蜜

我是你爱着的人
远方的我
这时身边没有你
在很想你
想你的我在发愣
时光在飘零
好笑的事情在发生
鬼使神差上错车
应该南下给你买东西
人却返回
一路北上一路靠近你
心慌的我
见面拿什么给你
想想，笑笑
横下心来硬起头皮
怪还是怪想你，想你……

2018.6.21

那些诗的灵感，魂断半个字上……

灵感来，如果来得是时候

魂就在，诗就活得自在

来得不是时候

就连死狗一条都不如

不折在半句诗里

也魂断半个字

亲爱的，回头看看我的写诗路

横着多少诗残骸

它们成就原野上磷火

朦朦胧胧明明灭灭

虽见零星凄美

就是喊不回鲜活的原模原样

过后捡起半死的半句诗

冥思苦想复原

让它在抢救、调理、培养中成长

在报刊上露脸

自己横看竖看，也没有原魂

亲爱的，我不回头去望去想还好

若回望回想，纠结的心

又会导致诗的新胎儿难产

不回望不回想不伤心

死在老板开口就骂的灵感

死在同事叫喊的灵感

死在朋友亲戚熟人叫喊的灵感

死在你那些叫喊声里的灵感

那些年，没手机，有也没功能

下班路上不带笔，不带纸

灵感来了，念念有词

连跑带飞带风，赶回家

憋着尿，扑向桌子摊开纸

拧开水笔急忙写

什么都不怕，就怕你发话

你连名带姓吼起来

喊生火，喊洗菜，喊做饭

都糟糕，难得的灵感

呜呼，折在半句话

惨不忍睹，魂断半个字

那一秒，那一分，那一刻

碎的诗心，就起火

怒火包在心胸，只反映在脸上

亲爱的，我心是太阳是月亮

明白写诗不养家

个人的事，不凌驾大家头上

业余爱好月亮下面做

不怨任何人

我要吃饭

我不是生活在空中的一片云

2019.6.28

我的诗心跳动在田野上

亲，我的诗心跳动在田野
不飞腾霄汉
不拿诗兴刮风布云扯闪打雷
不捏造大惊小怪字句

亲，我的诗心遇上汗水雨水
抢着节令落地生根
发芽抽条，舒展枝叶
作出秀色可餐诗句
让你读出秧苗双龙出海
苞谷烤烟移栽定向
桃园梨园，林间瓜甜豆圆
遇上太阳热情光照
就冒热腾腾的气
默默收取阳光凝结金穗
等到十月迎面走来
就毫不吝啬展开金色诗句
让你走百里千里
随便抓一把都是光芒
都是黄金颗粒的温暖饱满

亲，那年在桃园遇上你
那日掀开遮羞布
你一笑，满脸桃花盛开
满园粉色烂漫
叫一颗跳动加速的诗心

蹿到情不自禁份上

跳进花蕊深处

造遍野不可收拾的情诗蜜句

2019.9.16

大滇王国兴亡在铜鼓声里

铜鼓一敲一敲再一敲
响彻一场战争
庄蹻入滇
马蹄踏过的地方
山归依
水归顺
旌旗漫卷濮人五千里江山

出征有出路，有来路
凯旋，没了归途
来路姓秦不再姓楚
三万将士一不做，二不休
干脆就地立国
大滇王国，一夜雄起
庄蹻杀牛宰羊摆酒分封
长子雄，夜郎王
次子超，居建宁
三子浑，就地坐品甸
跟庄蹻日出日落
年复一年过去
庄蹻入寝铜棺落土
滇王印，次子抓取
滇国中心抬腿走出滇西

铜鼓一敲一敲再一敲
响彻一场战争

大汉武帝开疆拓土

大滇王国一鼓破

二鼓碎，三鼓烟消云散灭

大汉益州郡，云南县

两步三步五步

踏入要热有热要凉有凉

四季如春一片

冬暖夏凉大滇王国发源地

亲，你我关系

我血脉从古滇王国来

转山转水转现在

跟中原来的你融合在一起

2018.6.29

爱情坦白

下

茶山青 著

作家出版社

七月：
这些热烈情诗关系你

爱的一种精神

只要有梦，就会梦见你
只要有空，就会想你
只要有自由通道
就赶往两个人的世界
这样的爱美在实实在在

每一个闲空都用来想念
每一个睡梦都不错过相见
每一段自由时间
都跑拢一起度过最美人生
让爱的想念连想念
梦见连梦见，缠绵连缠绵
让爱没有满足界线
让爱走向无限
这样的爱实实在在深远

初恋初婚初为人父人母
工作天各一方那些年
你说，为了调动
跳出牛郎织女格局
能忍就忍，不要太贪恋
我说，对你的爱
是一种值得发扬光大的精神
人间没有爱的贪恋
哪来爱到地老天荒事迹
人活不到百二三十年

两百三百五百年
就要珍惜生命给予的时间
只要你我调一起
进一个深山老寨日子也甘甜

2018.7.31

失眠，只因为你出远门

把夜翻来覆去地合上放开
都是因为你
你不在身边的每个夜晚
心思失去靠岸，不停地流浪

你出远门之前总是叮嘱我
不要太多想念
太多牵挂
我满嘴答应你好好好
心却历来做不到做不到

你是魅力无限的女人
不只封面品相天天光鲜
还内涵引人入胜
翻，翻，翻
翻你内页翻不到封底
内容页页翻新
有一万篇，就有万种风情
我天天喜欢阅读你
读你，我在更新自己
努力做个跟你般配和谐男人

我是你牵走心魂的男人
你不在身边
我不想你，想谁
想你的夜晚

夜总是很深很深

眼里的烈火

烧啊烧，总是烧不亮天边

2018.7.31

回忆美好的每个第一

今天我不思想你的现在
只回忆你的过去
这种回忆会让爱情鲜活起来
会让心生感激不尽

回想第一次的心跳脸红
是我大胆地喊你羞怯怯地应
彼此打开期待已久心灵
人生有限的生命
从此奔腾爱的激情
回想约会的第一次错过
我失魂落魄，你失魂落魄
日子空空，心空空
回想你追究叫急来信
是我第一次收获幸福激情
回想第一次说抱抱
是千转百回冲出牢笼的话
有脱胎换骨飞跃
回想第一次投入怀抱
你说，好好感受温暖指数

现在你耍脾气我让开你
哼着唧个哩个唧出去
出去兜圈不想你现在
只回忆美好第一
等你气散我笑眯眯回来
滚滚奔腾的幸福依然如初

2018.7.31

幸福来了，大胆迎接

幸福来了，就大胆迎接

还是扭扭捏捏当道

会把幸福错过

夜长梦多从来就走一条路

途中七上八下峰回路转

变数一个连着一个

想等一等，等一会儿再说

等自己走出低谷

爬上人生地位高峰

才拿出追求的底气勇气

幸福早已从原地走过

自己也已离开最美的光阴

今天你来我就行动

迎接你，追随你

山高水低，阳光风雨

都心有爱情，胸怀大气

上天，一追二赶飞翔

下海，我划桨你掌舵

乘风破浪三千里，上岸安乐

2018.7.31

珍惜生命，善待自己

时空无限，生命有始终
人来世上，只有一生
长长短短，各有里程路段
长的百岁百十岁
短的几分几时几天几月几年
登记户籍人口的电脑
是一扇时空窗口
注册生的，注销死的
都是过往时空的男人女人
都是宇宙抛洒的流星
擦一条一闪而过的弧线
人来世上，大官小官，百姓
富人穷人，名家白丁
都只有一次
都是时空里的朵朵昙花

很久以前说的人有转世
全是麻醉人精神
明白这个道理好
会珍惜生命善待自己
过一天，开心一天
不钻精神牢笼
不做身不由己的人
封建社会打造的仁义道德
很封建，很残忍
精心设计树立的贞节牌坊

用最美的名誉
锁死守寡美人的最美人生

亲爱的，你我是新时代人
假如哪天我走了
你不要亏待美好人生
做草原上的草
想咋个生长就咋个生长
做草原上的风
想咋个吹就咋个吹
做草原上的马，自由奔腾

2018.7.31

你我都住在爱心里

不消 X 光透视，明摆的

你给我的爱

滋润我心灵

心上的精神

才生长得这样蓬勃旺盛

我珍惜你对我的爱

点点滴滴，心灵回应

我贪恋你给我的爱

天天如饥似渴

期望你爱我爱到地老天荒

你的爱心是我的家

里面欢喜的我

是最幸福主人公

享受着的温馨五彩缤纷

我的爱心是你的家

你东西南北走

神魂萦绕在我的心里边

2018.7.31

天大的担心，全是为了你

天大的担心，全是为了你
感情的大千世界里
你是一朵多雨的阴云

清明节，祭祖节，每个白日子
中秋节，春节，每个红日子
你都要跑到母亲坟前
洒淋湿山坡泪雨
过了这样的白日子红日子
你的脸色晴间多云
年复一年你都是用心感恩
感谢母亲生你养大你

我劝你走出悲伤珍惜自己
远走的母亲才会安宁
你依然放不下大慈大悲
为此我为你总是有天大的担心
担心有一天我离去你崩溃

为此，我从现在起作准备
对你热在心里冷在面
让那个遥远的落日不那么残酷

2018.7.31

两种日子的不同世界

见不到你，也收不到你的信
日子只有闷闷不乐的想念
这种日子里的心思
心是捂着的红豆，思是萌发的芽
虽然生长
却有委屈不能出世伸张
这样的心境
我不告诉你，你是不知道的

你不知道，迟早有一天
我会被没有快乐的世界埋葬
有你的信，又见到你
我的世界就有了太阳的笑脸
雨露的滋润
空气的活力
我就脱离黑色的郁闷
快乐地生长碧绿的青春火焰

2018.7.31

让我魂牵梦绕的你

你不是艳丽妖娆的女人
不是婀娜多姿的女人
不是丰盈富贵的女人
你是善解人意的女人
是让我魂牵梦绕的女人

形影不离的伴侣
天下没有
从古至今有谁和谁
会有天天心魂相依相随的真情
很多时间
你不在我身边
很多时候
我魂不守舍
心跑到你那里的我
睁眼想的是你，闭眼梦的是你

2018.7.31

一次都不愿错过你

人生没有下一世

今生，我一次都不愿错过你

错过你的日子

是错过天上彩云人间鲜花

错过人生美妙甜蜜

错过你的日子

就是一个无底洞

那天，一双期盼的眼睛

鼓在无望的洞口

我一双耳朵贴在听不见

心落深渊的回音壁

经过那天的我

把每一次见面

当作生命光鲜活泉水

当作爱与爱碰面碰出绚丽机遇

2018.7.31

生活在你的柔情蜜意里

没见一个上午就忘了我
亲爱的，我是随时随地想着你

哼，从来不吃糖的人
竟然满嘴甜言蜜语
小心，小心江郎才尽

亲爱的，你爱吃我的甜言蜜语
我爱活在你情意里
水漫三丘栽秧田，才华横溢

2018.7.31

你是我心里的主角

你在我心里总是春风荡漾

总是调动我的心绪想你

我心里有千头万绪

全是风吹杨柳万条那种风情

每条心绪都想你的好

千头万绪想你千万美好

我生活在想你日子里

想你的过程有一波连一波苦

回味却是浪漫甜蜜幸福

我天天都是乐此不疲

给我想场的你是我心里的主角

2018.7.31

想传送万千疼爱给你

你对我动情那天
用我渴望亲吻的美唇
在我胸口上盖下热爱红印
打出感天动地证明
我，从此属于你
无论走到哪里
各路神仙的美妙女儿
都别打主意
我，今天想你
想亲吻你花蕾一样红唇
想把积累很多的情意
释放到你心里
让你醉一回热腾腾爱情
我，今天想你
想拧你红霞浪漫的脸颊
想感觉你绽放红晕
想把积累的万千疼爱
传送到你的心底
让你感受一场牵肠挂肚爱情

2018.7.31

生命中自从有了你

生命中自从有了你
从前生活在阴霾下的我
就有了蓝莹莹的天空
暖融融的太阳
五彩缤纷的祥云
来来往往的飞鸟
从前跋涉水冷草枯高原的我
徒步飞沙走石大戈壁的我
就有春暖花开的群山
牛羊跑不出天边的绿洲

生命中自从有了你
从前蜷缩在消沉里面的我
就有浩浩荡荡的江河
澎湃不息的海
就有使不完的力气
挥洒不尽的快乐
仙鹤翅膀下我种满庄稼
喜鹊叫的地方我遍栽果树
彩云下我快马加鞭
春节给每个亲人拜年祝福

生命中自从有了你
从前睡在冰天雪地里面的我
就有温柔的夜晚
我人在春梦里不愿醒过来

洞房里星光灿烂

生命中自从有了你
从前没有想念的我有了想念
你不在我身边时
我的想念会疯长到天的尽头
朵朵红艳是疼爱思想
片片绿翠是美好的回忆

2018.7.31

我用爱的热血泡你

亲爱的，你是我选择
不是我爹妈强塞给
我是你选择
也不是你爹妈强塞给

你我从小生活在家乡
来来往往难免相遇
相遇多了，结果相识
相识透了，结果动心
你动心，我动心
动心就动情
那天我动心动情想泡你
你一个秋波打来
劈头盖脸泡我的魂
我敞开生命泡你
让你少一些想念孤苦
多一些相伴开心
我流放爱的热血泡你
滋润你生活鲜艳
让一心一意专宠的你
那光彩的鲜艳娇美欲滴

你用秋波泡我
我用爱的热血泡你
我的英俊
你的美丽

在融合的情节上
凝结一个俊美新世界
接替我，接替你……

亲爱的，你我泡的过程
你绽放生命美丽
你是茶，我是沸水
你在我的冲泡过程里
舒展美丽模样
洋溢生命的热烈芬芳气息

2018.7.31

无法断绝的想念

不想你了，现在下决心
这样，避免心雨总是淅淅沥沥
停止一门心思的想念
开始运用加减法
把想念减去
想念不如见面
见面减的是孤独寂寞
享受的是卿卿我我快乐
从现在起我采取行动
把想念的时间加给见面上
只要想念发芽
手上的事十头丢下九头
我来我快马加鞭
及时见面，多见一次面
多享一次幸福
大海是点点滴滴日积月累
幸福，从现在起增加
将来的你我，就福如东海

说动就动，我牵马出门
一个闪念打在脚前
现在我闲你不闲
没空见我的你，身不由己
我思前想后回到想念
心中的雨，还是淅淅沥沥

2018.7.31

337

图强，全是因为爱你

图强，始终因为爱你
小时候小伴有鸿鹄之志
我只想长大娶你
娶一个我从小喜欢的你
由此奋发图强
抓住别人放纵的光阴
打造成内心世界寸寸黄金
来到今天这一步
不消说，都是由于你
我的现在不平凡
好比一块好钢
不是生铁，不是原始矿石

钢是怎样炼成的
是千锤百炼诞生的
钢一样的男人
是优秀男人，做优秀男人
从图强开始
我从见你的当初开始

你柔美热情
像一苗纯青的火焰
翩翩起舞
在燃烧的红尘之上
围绕你的男人
如捧月群星，你受宠不惊

你这样的女人

不见则已

见，不动心，是有毛病

我下决心不放过你

追，跟众多男人赛跑

开始一场逐鹿

我心中想着你，智力气力滔天

超英赶美，所向披靡

抵达你身边

跟你一样出类拔萃

在你身边我更刚强

上刀山下火海，轰轰烈烈

让你一路喝彩

到达的境界，让你入迷

再锤打再锻炼

别人趴下一片，站着的我

还是轻松愉快的模样

你爱我微笑生活

咬着耳朵说，真是一块好钢

2018.7.31

我内心世界的感情

每次激发的感情都泼出来
出版在无边的阳光下
用我的内心世界
给大千世界添光加彩

我的个人世界是小的
来到大千世界里
是一颗流星
我的内心世界不小
在永远的时空里
生存多久，就有多久的伟大
多久的生动
既怀抱大千世界风花雪月
更疼爱一个女人苦甜

我内心的感情五彩缤纷
泼在光天化日之下
摆得，露得
历来不藏着闷着
我不愿将来腐烂在土里

2018.7.31

世界转身，惊喜不已

那年，世界转过身
见你，惊喜不已
这个世界是我
大千世界里的一个世界

这个世界因你转变
从此转变一生

这个世界首先改变颜色
喜上眉梢的我
眨眨眼睛
喜色弥漫笑脸
像大千世界的春天
天上涌现红霞
地上绽放花朵
我吃惊我的来路上
有美丽世界诞生
你是其中之一
最让我着迷，跑神
我乐不思蜀
是你追来
在我守望中
你跑过我先生几年路程
扑进我的怀抱
捶打我胸口
气喘吁吁哭诉

像一场痛快的暴雨

降落在我心上

先生，先生，老先生

叫我追得很苦

再不转身，就见不到我

再不等我

就会失去我的美丽一生

这个世界发生大变

有你相伴的我

不再是一个人的世界

发生演变的我

还有改变的观念

美丽世界不只前面有

转过身来还有惊喜发现

有美丽世界诞生

有停靠的黄金海岸……

2018.7.31

被爱情俘虏的人

被爱情俘虏的人
不受苦不受罪
有温柔日子，春光蜜月
痛快滋润生命

被爱情俘虏的人
缴械就放下一切
服从爱的指挥
听从情的调动
从灵魂到言行
心甘情愿，服服帖帖
不想叛逃
只想日子无限延长
让青春翅膀高高飞扬

用爱情俘虏人
不费一枪一弹
只用美眉那道温柔眼神
击倒中意男人
只用一朵回眸笑靥
喊跟来的男人死心塌地追随

被爱情俘虏的人
不用蹲监狱
不用限制人身自由

人走天南地北

心听从召唤

哪怕千里之外

也会马上飞回

被爱情俘虏的人很听话

执掌大印的

台上嗓门宽，声音大

满脸冰天雪地

回到心爱女人面前

就是小声细气

满脸都是抹了光鲜的蜜

我是亲爱的俘虏

谁叫我离开

去坐江山去抱金山银山

我不答应，江山太险

金山银山啃不动

何况，我只有一生

爱我一生的人

只有亲爱的一人

我终生就做爱的俘虏

高高举双手，心甘情愿

亲爱的，感情上

我原先是个流浪的人

走遍东南西北

浑身雪上加霜

直至有一天

回到生我养我出发点

落脚你的爱巢

才体会到柔情的温暖

才结束感情的流浪

2018.7.31

今夜，闭上无望的眼睛

自从在我心上种植了爱
你的一次次离别
都让我一次次生长想念
精灵的你很明白
你爱的我
想你不断，你很幸福
我相反
想你上瘾的我
在思想爆发中痛苦

今夜痛苦的我
慢慢地关上门
像慢慢闭上无望的眼睛
门，关得很轻
手感却很重很重
这是不甘心的活灵活现

门是傍晚开好的
现在已到子夜
这个过程，我紧握手机
不准漏掉一点音信
我耳听门外
也没有放过一丝风声

2018.7.31

想你，常常从头想起

想你，常常从头想起
初次见面的日子
你在夏天
向我仰起头来
甩开黝黑丝滑的长发
绽放一张美艳笑脸

就是这个瞬间
抬头的一个夏天
热风撩开一帘青青垂柳
呈现一株出水红莲
一朵从湖中腾起的朝霞
就是这个意象
夏天最美的神采
就在我从头想你时飞扬

想你，常常从诗想起
你从我的心灵深处走来
踏着起伏的思绪
进入我的诗句
我的情诗就在想你时诞生
你在天边在眼前
都会读到我的诗句
都会心满意足
你手摸挺美胸口笑笑
体会是我走入你的心灵

在我认识的女人世界里
丢开影视圈
天下最美的女人在彩云下
彩云下的地方
最美的女人是你
我是你一爱三生的好情郎

2018.7.31

有你，我才爱上大师

亲爱的，生命中有了你
我才爱上大师的

三百年前的一个大师
住一座宫殿
做雪域高原最大的王
朝拜他，仰望他
面对雪域高原最高的山
我爱这个大师
爱上他的情爱柔肠
高耸入云的宫殿
雪域高原心脏
天宫一样地富丽堂皇
他根本不喜欢
白天看不见心爱的姑娘
眼里的金碧辉煌
不长花草树木
自己困在其中不能动弹

三百年前的这个大师
天黑丢开辉煌宫殿
流浪在一条大街上
做世间最美情郎
去会见世间最美的姑娘
过往的世界
七情六欲的众生

谁不是欢爱的因果

骂大师的人

就是骂爹骂娘，骂自己

就是骂生命的延续

爱情，大师最有感悟

他骨子的骨髓

都是爱情诗的脊髓

我走进那些诗句

抽一缕缠缠绵绵情丝

渡甜甜蜜蜜爱河

向尊敬的大师五体投地

我爱尊敬的大师有因果

亲爱的，因是生命中有你

果是好好爱你

爱是世间最美妙的欢喜

2018.7.31

爱是一生追求的事

日子过到今天
我已经看透天地人世间
除了爱
我还追求什么

年少时节我人小心大
想搬来大海泡全村的田
想登高一呼
就有万众响应
想造一些干活的机械
唤起脸朝黄土背朝天的村民
脱离躬耕形影

想干一件李一红老师骄傲的事
把身边的事情写进书里
让敬爱的人万岁
美名世世代代流传

想最美的女同学
等自己挣出个样子来就投递爱
有了理想朝着方向跑
跑啊跑，大半辈子汗流浃背

日子过到今天
除了爱，我已经心满意足

爱是温润生命的柔情

一天都不能缺

一辈子依恋伴随

我追求，直至生命到站

2018.7.31

爱你如初，盛夏一样热情

没有麻醉失去知觉吧
现在我对你的爱
还是和当初一样热情
明天后天是我热爱的继续

你在我的世界里，亲爱的
没有春夏秋冬轮回
只有如今一样的一个夏季

你苗条的身子
不需要厚厚裹起
你挺胸，你神采飞扬
不需要紧紧封闭

现在的你，扔掉从前
走出严重包藏自己的外套
穿上贴身短袖衬衫
配上短裙
在满街的潮流里
体现灵动的小蛮腰
这样，不只是露一手两手
修长的双腿
走一路白美风光
还常常换上背心衣裙
上街长发飘飘，衣裙飘飘

2018.7.31

最美的爱情，蜜恋

过去的已经过去
未来的还遥远
珍惜当下，做有头脑的人
不伤害爱人的心
不伤害自己
不耽误生命的青春
渴望的甜蜜，该畅饮就畅饮

你我今生悟的是个爱字
不放下的是爱的甜头
爱与爱碰撞
爆发的就是爱河流爱的蜜

爱得甜甜蜜蜜的你我
是一对转世的情人
你我手里紧紧握住爱
自己体会了幸福
会用爱心爱惜身边的人

一朵莲花开在酒窝里
渡我在开心海洋荡漾
开心的你我
目光普照，四海明亮温暖

百年之后的你我
放下的财产，放下的世界

是别人的
握住不放的爱是自己的
今生只有你属于我
我属于你
只有爱属于你我的始终
今后你我埋在土里
也躺成一座眠山
继续相依相伴
眠山上花草树木飞鸟
有甜蜜的爱情土壤
会繁荣昌盛
会繁衍皆大欢喜的笑声

2018.7.31

爱上你的当初

如何追求你，爱上你的当初
做过种种设想
地点都设在雪域高原

其中一种最烂漫
体现我苦心诚心
也是到达最高境界

第一次面对面见你
认定你是我的人
又感觉高不可攀，有点遥远
就把你看作高傲公主
想象成群山崇拜的卡瓦格博
为了让你感动
我从家乡来
不坐车，不完全步行
三步一个匍匐求爱
以七尺之身丈量爱的长远

这个设想的当晚
梦见设想实现
我来到你跟前
曾经高傲的你动心动情
导致一场雪崩
泪水奔流直下五千六千米
其中一种现实

体现我血肉思想，脚踏实地

明媚的日子见你走来
我在楼台，我发现
你我没有距离
我把你看作卓玛
雪域高原的种种美丽
集中在你身上
你从门前走过
我借三百年前那个大师的胆
借一缕腾达的香烟
飞落到你面前
你不停地摇动手上的转经筒
我默念保佑你的真言
悄悄地在你心上潺潺流淌

这个设想的当晚
我梦见好事成真
雪域高原上
你拉开温暖的藏袍
把我裹紧在怀间……

种种设想过后
走过种种设想的路
花好月圆之夜，住进你心间

2018.7.31

你喜爱的那个洋娃娃已经长大

今天的兴奋爆发我忍不住

它是心头突发山洪

高兴忍不住就张口告诉你

你喜爱过的那个洋娃娃

已经长大做空姐

天堂豪放朵朵棉花盛开

漂亮如雪，如雪莲

在城市之上绿野之上飘逸

长大的那个洋娃娃

在绵绵起伏的云朵之上飞行

过去的日子姿色都留给她

太阳那些细密的光芒

每天放射着放射着不见

就是跑到她头上落一顶光彩金丝

白云上空大片大片的蓝

从白云空隙落下大地湖泊

每天看着看着不见

就是给她浓缩一双蓝宝石眼睛

日复一日的朝霞晚霞

每天光彩着光彩着不见

是跑入她高鼻梁脸庞

长大后，她个子比你还高

她甘愿做天堂一支金梭

往来中国俄罗斯之间天空

她拿白云彩霞纺织

不停地纺织一条新的友谊航线
今天她带我去远方
去诗人莱蒙托夫纪念馆
从普希金机场起飞
在去纪念莱蒙托夫航路上飞行

亲，亲爱的，今天我高兴
高兴到登峰造极
从前你喜爱的娃娃已经长大
见她长大，赶紧告诉你

2019.7.29

今天写诗，写莱蒙托夫

今天写诗告诉亲爱的
城在一片森林里，氧吧里
树活在城市里
莱蒙托夫活在人心
活在一部部诗集诗美句
诗，滋润人心
人心，闪亮一颗诗星
疼爱一个诗人的倔强灵魂

莱蒙托夫的命脉我知道
今天告诉亲爱的
他的脑细胞是诗歌的
诗歌是给俄罗斯给世界的
他有多少脑细胞
就有多少人们喜欢的诗
血，不完全流淌情爱
命，不完全交给自己的亲
拎上性命跟人决斗
就争一条真理
就不绕道，就提剑上场
就一去不复返
枪响，弹孔里流血
流出一腔热血
红透破碎一地的收尾诗句

今天一定告诉亲爱的

我来，我看见
那一地热血抛洒的诗句
已长成一片森林
年年盛开遍地红花
来来往往其中人
呼吸的是当今新鲜的空气

2019.7.31

三伏天，来普者黑倾情释放一回

跑几百几千里路来普者黑

就为跟别人干仗打情

还不是跟一个人一群人

而是跟一群群人

跟一些迎面而来的陌生人

跟一拨拨他们一拨拨她们开战

都是青年人中年人

都是野得起疯得起的人

不跟老人小孩干打

战斗让老人小孩从一边走

亲，我背叛你一回

你背叛我一回

我舍舍得得把你交出去

不阻拦你，也不给你打保护伞

你大大方方放纵一回

我也大大胆胆放纵一回

跟他们跟她们干打

痛痛快快地一场接一场激战

其实，都由不得我由不得你

只要上船，只要下水

就躲不脱湿身

何况你还长得那么好看

别说其他船上的人

就连你船上的划船人

嘴上不长毛小子

也动心，动嘴，动手

向迎面而来一船船人大叫大喊

船上有美女，有美女

快动手，别错过时来运转

还丢开桨，一次次从背后袭击你

只顾正面交战的你

自以为是遭受了两面夹击

叫战不叫战，都浪，都下烂

都把憋了许久的热情

倾进十里湖光山色

再用准备在手的瓢盆小桶水枪

接二连三舀起来汲起来

接二连三地嘻嘻哈哈

毫不客气泼给对方射给对方

有眼的青天，掀开白云

瞧无数蛟龙翻江倒海白浪滔天

从一条河一片湖里游过来

已和百人千人交战

有北方南方东方西方人

个个都是倾情发泄

别说穿雨衣打伞全副武装

到头来都是水獭猫

湖光山色滴滴答答淋漓

亲，你和你的闺蜜

衣服早已不再好好遮羞

湿透了，就尽量呈现原形

船到码头，曲终人散

狂欢世界风平浪静下来

想再看看一张张笑脸
只见靠岸全是万千荷花红艳

跑几百几千里路来普者黑
就为狂欢一回凉快一回
让人生无所顾忌地放松一回

2018.7.31

八月：

夏末秋初热情不走样

最喜欢你当年穿军装的模样

    我爱军人，来到八月一日，我有我的想法，我有我的表达方式和角度——

情窦初开，你开始爱照相
八角钱一寸黑白照
只要有一块
遇上憨包相机，也要照一照
照片照了一张又一张
定影定你种种姿态
选一张自己满意靓照
送给爱你的我，你爱的我
最美的姿色会迷醉人
你张张靓照都甜美
最美还是你穿军装照
抬头挺胸英姿飒爽
是我梦中追求的女兵形象

我想当兵，骨头有父亲骨气
我爱军人，骨头有强军梦
不想做好看易碎大花瓶
自己想当兵不说
还想找个俊秀女兵做妻
想一个军人之家的荡荡浩气
想当兵的梦破在适龄阶段
跌下成分偏高悬崖
爱兵之心没有碎

见穿军装的，就起爱心
何况是正在和我谈恋爱的你

你不是兵，你也想去当兵
读医学院校，还想当兵
过了当兵年龄，还不甘心
遇见有人拍摄军装照
也拍一张过过穿军装的瘾
照片寄来，我肃然起敬
对着我微笑的你
穿一身六五式军服特俊
有了叫我最爱醉爱一种穿透力

2018.8.1

都市地下的道道闪电

有些人胆大，亲爱的

他蓝色的胆

大到包地，包天

敢想，就敢做

手起手落，奇迹纷呈

扯一把闪电下来

放进地下隧道

改变暴发性根系状

七拐八弯曲折状

让它们完全冷却下来

拉直在挖直的隧道

乖乖听从操纵

直来直去呼啸蹿动

亲爱的，这奇迹你见过

有些人生活在幸福里

东西南北来往

不在地面大街拥挤

不再让太阳暴晒

不再让风吹，让雨淋

从地面大量撒下来

坐上呼啸的闪电

夏天凉快，冬天暖和

只听嚓的一声

就听见报告到站

亲爱的，你从排班表上出来

来体验体验

他们管地下闪电叫地铁

2019.8.8

夏夜，有人喜欢，有人感谢

今日立秋，此去逐步凉爽，可我还是要描述描述以往夏天，特别是夏天夜晚——

尽管天下大白的白天通透漂亮
有人还是盼望夜晚
白天的天空只有太阳云彩
太阳太亮，世界太亮
等待幽会的人盼望夜晚
太阳太热，连风都躲进洞穴
别说云彩跑个精光
咋不叫晒得发慌的人盼望夜晚

夜晚天空有月亮有云彩有星星
夜晚黑美人替代白天白美人
夜来鸟儿叽叽喳喳归巢
薅锄的人们回家卸下疲劳
没风也能睡个凉爽
城里的人出门散步跳舞
享受凉快，放开家中沉闷
白天就想晚上约会的人
乡下的，城里的，迫不及待
在雨水灌饱的蛙鼓里
在来风吹响的蝈蝈声里
纵情释放心中情爱
黑夜给天下有情人一块遮羞布
黑么黑，也美得幽默

星星是头饰在头上闪闪烁烁
不彻底暴露情人行动
只给亲热的情人影影绰绰朦胧美

亲爱的，当年夏夜热恋的你我
就是夜幕包庇过来的情侣

2018.8.9

走回你身边，月亮自然圆

离开你，去远方，残忍
把一轮圆月一脚一脚活活踏缺
还连月牙儿都不留有余地
知道你心日益地疼
月，只有焦心的留影还圆
亲爱的，别伤心
我从天边转身，就是月牙再现

新的月亮我一步一步走一个圈
从不通行的语言中走来
从通融的微笑里走来
从准确不准确的翻译之间走来
从干酪蛋黄酱黄油里走来
从森林活在城市里的风光走来
在欧式建筑风格中心走
在黄头发蓝眼睛白皮肤人群中走
在莱蒙托夫诗情里走
我一路回来一路在思想中走
走在归心似箭情丝上
我人回你身边，月亮自然圆
那时你翻翻看看
回家的一轮月亮，走圆不走圆

2019.8.9

跟俄罗斯恋人约会圣·彼得堡

金发女子伊莲娜，不胖不瘦

还是一苗清亮秀气

不粗不细中国傣妹一样小蛮腰

还是那样地温柔

眼睛还是那样一双眼睛

蓝天蓝海洋的浓缩

心田还是那块耕种过的心田

盛开桃花透露满脸

伊莲娜，俄罗斯圣·彼得堡女子

跟我离别大十年

邂逅大白天见面拥抱

有一轮月亮跑进太阳心怀

抱得很紧，彼此都怕再次失去

十年想念的渴望

无疑是一场十年大旱

眼巴巴盼望对方

秋水晒干，湖心开裂

万千努力等待，才有这场浇灌

十年前一场恋爱

掏心掏肺营造七百天日

等伊莲娜父母出手

还是经不起撕扯

还是分离，天各一方

今日重逢，抱着就是不想放手

不管谁吹集合哨子

多好的俄罗斯女子，伊莲娜

留学北京，富不嫌贫

爱我这个中国小子

吃我尽心尽力买的一串冰糖葫芦

吃出笑眯眯感情

跟我坐火车回山东过年

过一年，又过一年

把窝窝头啃出爱的香，情的甜

把茅庐睡出格外温馨

村头村尾的日月睁大眼睛望

盯着我家我的背影不放

团队集合的哨子再次吹响

响亮我一颗中国青年心

舍是舍不得，走是还得走

只好给她留下定心丸

伊莲娜，万一哪天遗弃在码头

就过来，我还是你的

却不再是十年前那个穷小子

2019.8.12

那次偷看你，就为今生留住你

就因为姿色出众
恰到好处碰见
就按捺不住冲动偷看你
偷看，心跳急促
有些心虚，怕你发现
抓个正着，当众羞辱臊皮

还好，心虚不失心细
偷看是在观看大环境里进行
有个明目张胆的底
做到万无一失
万一被你发现发难
就一本正经声明
咱看街景，来来往往行人
你在其中，在咱视野
是顺其自然的，纯属正常的

偷看你，就一个美好目的
不放过最好机会
把你摄影在心里，过后好找你
找你做一生的伴侣
准确无误找出你
还好，没有为难，结果如意

2019.8.12

有一颗真诚的爱心足矣

看见我的那一瞬间千古流芳

看见你的世界地覆天翻

你两眼亮起惊喜闪电

心中响动一腔欢乐春雷

你丢开身边的众人

还有送到面前的金钱

你不顾千阻万拦跑过来

跑来抱住我一身千里万里风尘

你暗下决心从此不放走我

你紧紧地抱着我

吻一张烈日和风霜燎黑的脸

吻一双吃尽苦头开裂的唇

你放任两眼热腾腾泪泉尽情地流

洗我一路千里万里风尘

吻够了，泪也流够了

你腾出手来摸我狂跳的心

我流泪了，我流着眼泪告诉你

我是两手空空跑来的

你流着眼泪告诉我告诉全世界

有一颗爱心价值连城

你换个言行举止再次惊呆人群

你拉着我面对众人亮出心

各位先生女士大家好

这是我如意的郎君我隆重推出

他爱我，丢开一条锦绣路

穿过十万八千里虎狼窝

英雄，闯过九死一生的千难万险

2018.9.3

生活，有绕不开生长美丽的谎

不是所有谎言都笑里藏刀
过一辈子不听谎言不说谎的人
还没出生
提起谎言就口诛笔伐的人
不是真人
查查童年的日子
妈妈哄着长大的一天天
都泡过欢笑的一些些甜蜜谎言

对我一万个放心的你
我坦白，你明白
爱你至上对你十分在乎的我
给你给他撒过美丽的谎

撒个谎言诱你跑到我身边
你打我一顿棉花拳
骂我大坏人
然后把一个笑容斜靠在我肩上
放下我不在你身边的念
撒个谎言叫你扑向海市蜃楼
是让你避开一场踏雷触电
你我不把吓人的病情告诉他
没事的，没事的
再过一段时间就好了
让他依然说说笑笑过好每一天
天大的这事那事困难事

背着你扛着去解决
面向你还是一张轻松笑脸
赞美你今天还比昨天更美丽
是让你热血一如既往沸腾
激情澎湃手舞足蹈地唱
就是要你继续爆发生命快活泉

美丽的谎言会生长美丽
好意的激素你喜欢，我喜欢
它在我们精神世界里
是善诱我们酿造甜蜜幸福的花园

2018.9.3

爱情，除了蜜，还有醋……

亲爱的，相爱以来
生活在幸福里，爱情滋味
除了蜜的甜
也还有醋的酸
苦啊，辣啊
来到你我世界里
都会酿成蜜，结成甜的果
还有吃过的醋
也会转化一汪甜甜的蜜

那些时间你晓得，亲爱的
看见帅哥走拢你
说说笑笑风浪打过来
心慌慌的我
呛上一口，就有心理反应
容天容地容不下他的心
就是醋一坛
等你回转身边时
还把一坛酸醋直接端给你

你品我的酸醋总是笑眯眯
还品一口不过瘾
品一坛不过瘾
说，口口都是甜甜的蜜
点点滴滴
都是你最爱的我在乎你

亲爱的，那种时间这种事
经常发生的
彼此感受也是一样的
遇上美女打招呼
阿哥一声叫得热叫得亲
笑脸洋溢着一朵蜜
你也心生一坛醋
我喝下也是甜甜的
点点滴滴
也是品出你很在乎我的蜜

亲爱的，你我相爱以来
爱情滋味就是有甜有酸的
我心生一坛醋
你心里荡漾的就是蜜
你心生一坛醋
我心里回荡也是蜜
爱情，除了蜜，还有醋……

2018.9.3

世上的爱，无师自通

像颗流星冲进大地
一个纸团飞入男生心口
男生心领神会
接纳在心
躲过老师同学眼睛
神不知鬼不觉
明白的只有收到纸团的
坐在右排中间的女生
听课样子一本正经
红红的脸
透露着烈火跳跃的内心
有过私定终身的心影

这是画在纸上的一颗心
心里写着的一个爱
它比喊出来含蓄
比画写在校园围墙上高雅
还是铤而走险
纸团包的是团火
一旦泄露
引火烧身会烧个焦头烂额

这个投掷纸团的女生
就是现在你，那年情窦初开
投掷的纸团
按捺不住的一团情火

那个瞬间

点燃一个男生的爱

多少年来的风雨

都没扑灭过一叶边边角角

如今，你当初示爱的行动

已时过境迁今非昔比

投掷纸团的法子

丢手绢一样

几年前就在低年级流行

你知道，很多人明白

这种法子谁也没有教过谁

世上的爱，无师自通

别说是人，动物都有这灵性

2018.9.3

大丈夫，一条男子汉

大丈夫宁可站着死
也不跪着生
别人过去跪搓衣板
现在跪榴莲
老子，从来不这样

兄弟一个二个想一想
男儿膝下有黄金
跪下去，完蛋
就是一地蛋清蛋黄
不再支撑脊梁
兄弟一个二个再想想
男儿膝下黄金在
出门才是一条男子汉
才是一座奔跑的山
走错路，吃过亏
好汉做事，好汉当
不等婆娘揭盖子扯亮闪

老子有错历来主动讲
亲爱的，别见怪
今天糊涂上当
我坦白，你若不宽容
我心从此死
不吃不喝不睡觉
听见有人喊

魂就追着远走异地他乡

兄弟，向我学习好
夫妻肝胆相照，赢得宽恕
获取疼不完，爱不完

2019.8.16

有一条命，有人活出万岁来

亲爱的，人有两条命
一条血流从父母那里淌来
淌着淌着
消逝在骨头干枯那头
一条魂魄
自己活出来的精神
血流消逝
还在影响着别人的心灵

从父母那里来的命
靠水靠食物靠阳光活着
命长命短
完全由不得自己
长的长命百岁，短的短命
活几时几天几月几年
各自不同
有命的延续生命
生产生活生育生生不息

影响别人的那一条命
活在世上人心
影响范围小，只是兄弟姐妹儿女
就是有限的命
等到兄弟姐妹儿女谢幕
也就寿终正寝
影响范围大，大到著书

造福人类载入史册，那命就大
就活出万岁丰碑
世上有人活出万岁来
有皇帝想万岁，就有山呼海啸
吾皇万岁万岁万万岁

亲爱的，你是热爱我的人
有你爱我如命
生产情诗的魂魄活不出万岁
也要活出两百三百岁

2019.8.16

真爱真情伤不起

客客气气不是爱情
扯来扯去拉锯
断开的夫妻流血流泪的

爱，心会拆除栅栏
爱，心会疼你
会有一份心地包容你
你使点小性子
你撒娇蛮不讲理
只会是有趣的风情
爱，在光明
是扯不开的形影
你不离，我不放弃

情，望穿秋水
泪水里跑出来笑声
情，含在嘴里
舍不得嚼细
情，爱心上激荡的神魂
雷公电母播撒的云雨
情，是贪恋
提起来，放不下去

有爱，才有情
有情才有爱
真爱真情在一起

伤不得

伤了会痛入骨髓

这是几点心地上的结果

今天七夕摘给你

2018.9.3

爹娘分离在滇西大反攻前

堂屋之间，火塘边上

爹端起盅子喝上两口烤茶

润润口干舌燥

哐当一声，大门大开

温馨的家变天

乡丁保长闯进堂屋

麻绳一条来到爹身上

走！三丁抽一就捆你

当兵吃粮打仗去

整个家，不变的是爹的内心

依然是讲过一早上

还在兴奋的大反攻激情

这天是爹娘蜜月里的一天

是一九四四年三月一天

这年月，还没电话

更没电没电视没收音机

没广播，没报刊

来的事都是突然事情

小云南上川下川

突然出现的兵

像一夜降落的满天星星

下川坝子村村寨寨

有紧张，有高兴

滇西就要开始大反攻

爹在下庄小学宣讲这个消息

不消捆，打日本鬼子我去

国家兴亡，匹夫有责

我早就等着这一天

爹吼叫着起身，大步出门

不准走，娘冲出灶房

手上端着的土钵头

掉到地上，一砸两半

儿，你回来还没吃早饭

奶奶从东边屋里喊着忙出来

一个扑爬跌在地

惊吓着的小猫冲上梳妆台

闯掉的那面镜子

碎成一片大眼小眼，盯着屋顶

2018.9.3

打仗前，把种子留下来

老爹不在家，老妈不在家
早饭后，山姑娘在家
打仗的部队住在山寨里
晚上进攻那边大山顶
还要打到大山顶的那边去
穿军装的那个兵又来
来给山姑娘家再挑一担水

人进家，水入缸，转身走
却被山姑娘关在堂屋里
兵哥哥，我爱你爱你
堵在上了门闩门后山姑娘
张开双手猛然抱住兵
兵哥哥，我不能留住你
也不要你大战来了当逃兵
只想现在什么都给你
你把生命种子留下来就行
不行不行，会拖累你
满脸急红的兵，不停地跺脚

正午，挑山泉的兵出门
门前水塘子刺眼
满塘跳荡的细碎阳光
就是一面破碎镜子摆在面前
挑水的兵从此没回来
硝烟散去那边山顶
几年后有一对母子在转山

2018.9.3

393

七夕，摘取仙子心

天上下来的，是偷偷下来的
来不要金银珠宝绫罗绸缎
她只取一颗男人心
这个男人是你，跟她有缘
三番五次相遇彩云缭绕云南城
心跳脸红，一个是你，一个是她

有一天，你俩不再相见
你的心忽然空空如洗
那是魂跑到她手里
不明真相的家人给你去叫魂
跑遍四方，抱着一只公鸡
你叫家人别费劲，说
自己知道自己的心魂在哪里

七夕，成群喜鹊助你上天去
你在银河边上盼望她
银河是波浪壮阔的河
那是人间的传说
它是天上繁华的一条街
灯火通明，流光溢彩
得道的，来来往往熙熙攘攘

你看，她来见你飘逸而来
眼角含着欢天喜地的泪
你一把逮住她，小贼

从此上天入地我不放过你

她笑眯眯地恐吓你，说
把你卖给嫦娥姐姐去
你乐呵呵地回答她
好，我帮你数钱
就看舍得还是舍不得
她伸手打你一捶棉花拳
上天来的一个大贼
哼！敢来摘取一颗仙子心

2018.9.3

七夕，你一团蜜，她一团蜜

熬过昨天的孤独寂寞
从辗转难眠中起来
开门，向出太阳的地方跑去

前方沸腾着有声有色的浪漫
你，心血来潮，你高兴
就地打个跟斗收敛成一团蜜
然后，信心十足地向前跑去

头顶的天上正在发生一件大事
喜鹊正在从下至上云集
迫不及待的牛郎冲上鹊桥
肩挑爱情开心果
一头是哭着找妈的女儿
一头是红红绿绿苹果桃梨
新鲜的桃梨苹果给织女
也给今天网开一面的王母

天下大路小路条条相思路
通各人奔向各人的幸福目的地
你，有她在前方花丛里等你
跑向幸福，路远路近不是距离

牛郎步步走向织女
云集成桥的喜鹊欢呼着
天下的你，人流里奔跑的一团蜜

奔跑在你追我赶浪潮里

天上牛郎织女相会欢天喜地

天下，你一团蜜，她一团蜜

两团甜蜜，甜甜蜜蜜融合在一起

2018.9.3

七夕，欢天喜地

农历七月七
弥漫千里万里欢天喜地

人们庆贺牛郎织女相会
头上的天，动情
洒一场兴高采烈的泪雨
遍地流淌的是蜜
脚下的地，动心
涌现一片五彩缤纷的诗意
遍地翻滚的是瓜果
随便摘一个，随便咬一口
抬头面向织女牛郎
也有滔滔甜言蜜语
七夕的甜蜜流淌了千年……千年
九州的男人最有魅力
远古的牛郎吸引天仙织女
故事最传奇最浪漫
牛郎和织女一样永远年轻
千岁千岁千千岁
一年一次相会
跟一天一见面差不离
何况小别胜新婚，也是天机

牛郎织女的故事不凄凉
王母娘娘划条天河给牛郎
故事才有波澜传奇

才有喜鹊搭桥的传奇

织女和王母娘娘

年年才有牛郎挑来瓜果甜蜜

2018.9.3

从美好起点出发……

既然现在相遇喜欢
就不追究过去
不去听别人的意见
瞧别人的脸嘴
自己的日子自己过
自己的地盘
自己拿定盘心
远离说东道西
不然，到手的幸福
会因为犹豫掉泪
会因为抓而不紧飞离

现在喜欢是美好开头
从美好起点出发
大胆往前走去
只看现在花好月圆
远方太阳欢迎
彩霞铺天盖地
只管携手，凝心聚气
过了独木桥
踏平闪电，踩熄响雷
就是阳关道
自己就会一路愉快
爽直走在美好幸福里

2018.9.3

爱情坦白

我坦白，我爱你爱你
我没毛病
满身蓬勃朝气
我断烟断酒······
不断怜香惜玉德性
有缘千里来相会
你开口一笑
一朵鲜花绽放四月里
在我心上是光鲜靓丽的

女人都是花朵变来的
你是花仙花精
你摄神，你拿魂
我心甘情愿
你向我开放
我奔向你
你的花蕊是宫殿
我住进去我是王
永远不离不弃恋着你

2018.9.3

今生，整个世界都给你

钱，只要我手上有
要多少你拿去
想吃什么，买
想穿什么，买
想去哪里潇洒就去
钱这个东西
挣来就是给你花的
你不在身边时候
除了吃饭，睡觉
其余时间就是给你挣钱的
好让你的日子过得宽裕安逸

钱，算得多大东西
我连心魂都掏给你
最美的，感动世界的
毫不保留地给你
让你在我暖心里过得开心

给你说些好听的算什么
既然把整颗心给你
能从大千世界取来的
我都取来给你
让你今生跟我过得放心舒心

这些，说起来动听
很气概，很漂亮

其实，做在前面是你
你爹你妈把你养大给了我
出落得亭亭玉立的你
没给你爹你妈享享福
就把你这辈子给了我
不留余地
你把今生给我了
我还有什么保留的
我的整个世界都给你
何况你来，世界焕然一新

2018.9.3

生活在我的爱情世界里

我对你的爱
充满我的全世界
望望后面的路
一路都是给你的爱
瞧瞧前方的路
满路都是等待的爱
你往左转一转
摸着的是爱
你往右挪一挪
靠着的是爱
你生活在爱的世界里
要多滋润有多滋润
要多自在就有多自在

你想看看我爱你的心
想看就看
它像一朵卷心莲花白
你层层剥到底
叶叶都是白嫩的美
不是五颜六色的花花心

2018.9.3

铜墙铁壁

你游过的万里长城
是秦始皇画下的一笔
他下手很重
画过的万里江山
血流凝固一道铜墙铁壁
不只展现龙的傲骨
还阻挡西北狼入侵

我心有一座长城
也是铜墙铁壁
别人看不见摸不着晓不得
它矗立在我心上
造型圆圆的
只有进口，没有出口
守口如瓶的我
不让人窥测，不漏泄点滴
这些你是晓得的
自从心里入住你
它就默默崛起
围护我的情，围护我的爱

我本身就是铜墙铁壁
给你遮风给你挡雨
让你黏糊
你想靠靠，你就靠
靠着睡觉，做梦，轻呼吸

2018.9.3

今天我的思想和时间全部留给你

题记：——写给中国第一个医师节

这个节日，今天在神州轰然出世
是你和你同事的
是你和你同事第一次迎接度过

今天，我的思想全部留给你
其他不思不想
不想上网不想看电视
不想远方朋友
不构思写诗的筋骨血肉
不想风花雪月
不跑掉丝毫思绪
想你是世间最美女人
脱下红装，穿上白衣大褂
脱胎换骨做医生
想你最优秀
光荣榜上没你没关系
先进名单给你空白没关系
我心里有你就行
活回来的人叨念你好就行
在我心目中他们心目中
你是最明亮一颗星
想你无休无止上班加班
别说消耗青春

直接就是快速消耗自己生命

别人用你的付出

可以打造名人名家

你一天天过去

还是默默无闻默默奉献

我只想你回家

想你喜欢穿的吃的

想这些，就赶紧上街转转去

今天，我的时间全部留给你

分分秒秒留着等你

不去看朋友不去逛风景

不去打牌搓麻将

不去跟任何人吹牛抽烟喝酒

我就在家等你

等你回家卸下一身疲惫

走进我的一副柔美心肠里

给你一个接一个惊喜

让你换上喜欢穿的

吃上喜欢吃的

听喜欢听的

我用下辈子的打算祝你节日快乐

下辈子你是女医生女护士

我继续做个暖男娶你

是男医生男护士

我做美女做温顺人儿嫁给你

2018.9.3

安抚人家几天来的渴望

人家几天来的望穿秋水
来个电话就想搞定
电话来得也算及时的
也是一场及时雨
泼向燃烧的心
但是，扑火的事，你要格外下功夫
消灭了烈火
还是要亲自来深入内情
用手摸摸燃烧过的心
感受感受曾经火烧火燎的魂

人家几天来的殷切盼望
跌在一天接一天失望
一颗心总是苦巴巴地放长视线
飞来的雨虽然缓解旱情
你还是要赶紧出面
用你的手摸守望的心
感受感受曾经焦灼燥热的魂

2018.9.3

帕男《滇·我的那个云南》

迎面笑哈哈走来的一条汉子
从那轮太阳的家乡过来
爽朗豪放得像淌来的湘江
且一身都是明媚阳光
谁遇上，谁都感觉亲热温暖

叫我感动的是眼睛，是心
人在金沙江流域、恐龙足迹之中
东方人类故乡，太阳历广场
他那开放心中明亮的目光
细细留意过云南四面八方
他那阳光的心里
结果集装了一个云南山水风光

走向他，取光取暖取热情的我
读他双眼，读他一颗心
从中读云南万千美丽万千希望
读滇池五百里波浪念叨的乡愁
读楚雄、大理、丽江、香格里拉
临沧、保山、德宏、西双版纳
那骨子里放射出来的魅力
读迎面跑来欢呼的怒江
读一条彩虹落入群山的红河
读云南汉子的风骨石林
读高原明眸洱海抚仙湖
读元阳五月梯田醉美水墨画……

读泡普洱泡的是大地之心
读云南人奔腾的欢乐热烈的希望

远方的客人读他的书吧
他一口气摆出心中的一片风光
出版在他热爱的大地
向世界滔滔叙述云南生态文明
《滇·我的那个云南》
读书看得见他的心
看得见耸立在文字里的云岭
看得见云南流淌在文字里的水
看得见翠湖、洱海的海鸥
看得见想看的许多地方……
看得见我和亲爱的快乐其间
他文如其人，是亲近的阳光帕男

2017.8.23

来阳光庄园喝丽江干红

兴冲冲地来阳光庄园
装天装地的心，豁然开朗
三川坝子出水芙蓉
都在热情的七月
左手举甘露卧底的荷叶
右手举盛满阳光的莲花杯
都是在痴情等待
等待丽江干红开窖
等待一群诗人飘逸而来
等待主人关正平致辞举杯

干！一片喧然，七月八日
喝丽江干红的诗人
喝太阳和星星月亮的陈酿
一个个再现李白风采
除了爱看荷花
爱看贵妃醉酒模样
就喜欢诵诗
喜欢心中一条金沙江奔腾起来
我的诗心，一半沉醉
有一半思想关正平
他从这里摘下坠在树上的太阳
繁星，月亮
然后一个个再拿去入窖陈酿

2017.8.27

写醉美梨花诗句的淘米

网名淘米的女子，在楚雄
有片心地
冬来吸纳万千飞雪
春来开放万树梨花诗句

巍山梨园主人刘绍良
左手摸一摸山坡
是爱不释手
右手写出散文《我在山野》
是条条流淌的溪
读我在山野的人们
看浪花瞧得见梨花
吃溪水有梨子爽口甜美

刘绍良得空读诗写散文
读到淘米写的梨花
竟然眼花缭乱感叹不已
自己有五百亩梨花
有一部《我在山野》美文
没有淘米醉美梨花诗句

今年七月八号九号
永胜阳光庄园举行诗会
诗人作家相聚
有我有刘绍良有淘米
刘绍良在庄园感谢淘米

我在庄园初次见淘米

楚雄写诗做饭的淘米
已婚，今生么
我不打主意
下辈子也不奢望
如果她喜欢
就做她坛子里的米
在她手上淘洗
在她火上煮
煮出香气喂养纯洁的心

2017.8.27

中元前，雨水为什么特别多

上篇：接祖

从初一到中元，苍天负担重
这些日子，没有空空如洗
每天往来的云，都不只是几朵
是成群结队，是络绎不绝
有时不仅铺天盖地
还朵朵神色沉重，步履沉重
还随时随地默然流泪
或时不时放声痛哭
亮闪是云朵的灵魂颤动
雷声是云朵的嚎啕
小雨大雨，都是云朵掉泪，特多

从初一起，日子泡在雨水里
泡醒的心，开始接祖祭祖
初一开始接新亡
接去年中元过后走的人
初二开始接老亡
接去年中元以前走的人
只要感情还活在活着的心
远在百年千年的祖公
都会通统接回亲热的家中来

接新亡老亡回家
血统里流淌不息的思想情感

这户那户家坛

香烟接二连三腾起

亲爱的烧香接祖思想好

祖公住在天堂

不在十八层地狱下面

不是鬼，是仙

我思想我的爹娘我的祖公

亿万人家的祖公

战火中瘟疫中断子绝孙的孤魂

他们是仙，在瑶池边

意念中他们遇见人间香烟

遇见酒香菜香糖果香

就踏上云朵乘风而来，衣袖飘飘

云上依附众多的魂

有家回家，来跟子孙团聚

没家的孤魂，也跟着跑来沾光

云上的灵魂有些欢呼

有些有种种原因痛哭流涕

这样一些日子，咋不多雷多雨

下篇：送祖

初一初二接二连三直至十二

都是接祖祭祖日

这些天，你哪天得空哪天接

祖公们都不见怪

接祖祭祖，亲爱的做好

思想上的祖公已经离开天堂

就在自己的家坛上

享受水果糖果

享受一日三餐饭肉酒水茶水

十三十四太阳落前烧包送祖

去年中元后的新亡

十三的太阳掉下山前送

去年中元前的老亡

十四的太阳掉下山前送

祭祖送祖家家慷慨

亲爱的更慷慨

让自家的祖公过得好点

再穷也不能再穷祖公

意象中祖公一个个坐在家坛上

享受满桌酒肉供品

接收一沓沓冥币一堆堆东西

活着的人望不见祖公

心里清楚心中有数

感觉祖公一个个就坐在对面

十四太阳落山前

我跟亲爱的率儿孙烧包送祖

先烧门外孤魂包

打发慌忙的孤魂高高兴兴先走

个个包里装满冥钱

岳父岳母各一份

我的爹娘我们的祖公各一份

活在心上的父亲

打过鬼子干过地下交通员

现在还是一脸严肃

岳父养过车跑过生意

现在依然一脸春风

娘和岳母，满脸仁慈如故……

傍晚吃饱喝足的已故亲人上路

各自带着各自的冥币

明年再见，亲爱的在哭送

触动天上云朵神经

又一场轰动的雷雨匆匆跑来

人间走过十三十四送祖日

才收住感情的泪

跟着放晴的天空向往秋高气爽

2018.9.3

我的一朵泪滴落在珠穆朗玛峰

敢断定，珠穆朗玛峰的积雪
有一朵是我一点泪滴转化飞落的
亲爱的，谁不相信，谁质疑
就替我气壮山河声明
要么听一听我真情倾诉
要么跑去一点一点地攫取化验

从小到大到现在，我都顽强
却也有控制不住的感情
洒过太多太多泪滴
多如你头顶夜空那片星星
脚下草地那片露珠
婴儿幼儿时为饿为疼哭
儿童时被吓着哭，被打着哭
追着抬上坟山的妈哭
跺脚捶胸地哭，倒在路上打滚哭
婚后有过两场号啕大哭
前一场为抬上坟山的爹哭
后一场在梦中为爱妻哭
掉落的泪打湿噩梦纠缠的夜
后来为恩人和烈士哭
哭死哭活，天地不动声色
各路神仙无动于衷
现在泪水常常淌
不为什么，只因毛病偷偷潜伏

我掉落的泪滴会飞，我知道
滴滴泪点去向我知道
它们落地打个滚就走个无影无踪
上天，跑进这朵那朵云里
又做雨点，做雪花落下
下落听顺闪电响雷，听顺风
到哪里都播撒爱播撒情
做雨点滋养绿洲，泊在花蕊
做雪花的，爱飞落拔地而起的山

亲爱的，有朵泪滴转化过来的雪
是我的，体现我神魂
飞落到喜马拉雅山珠穆朗玛峰
彻底摆脱成雨水成泪滴套路
永远高居世界巅峰
睁大不闭的眼睛，闪亮不灭光芒
不再为黑夜黯淡
好高瞻我的爱情繁衍延续
远瞩天下五光十色爱情浩浩荡荡

2019.8.26

419

最牵挂最想见的人是你

每天紧张工作过后就想念
最牵挂的人在哪里
你好吗，你累吗
心里涌动很多沸腾话语
每次夜里上网火辣辣几小时
每次通电话
也是热腾腾几刻钟
每次信来信往都是暖融融的

每次风吹走千事万事就约会
最想见的人绝不容错过
都是第一时间相见
你望我，我望你
热烈的目光撞击热烈的目光
积蓄的心电尽情释放
你像百年期盼之后遇上知己
说话的眼睛告诉我
我在你的眼里是你暖心世界
我泄密的眼睛告诉你
你在我的眼里是疼爱不完的妻

2018.9.3

九月：

情感大潮弥漫阳历九月

奇妙的爱情

妙就妙在别人莫名其妙

你不是光彩炫丽夺目的雪狐

竟然俘虏我心魂

取代众多美人向往

做我心里独霸一世的女王

你从我眼眸潜入我心灵

眼睛是心灵的泉眼

很清很深很亮

让心看得见外面万事万物

远的近的大千世界

都从双眼进进出出

心灵高深，远大，无疆

思想飞翔到哪里

哪里就是我神采飞扬天地

你我当初平淡无奇

同在一条路上来来去去

直到有一天阴差阳错

才发现天地翻覆

不见你就惊慌失措

到处寻觅，直至心灵报信

你已经占领我心灵世界

满世界飘扬你旌旗

以前心上过往的众多美女

已经一个个无影无息

出现这种奇妙在于你在于我

来自你不显山不露水魅力

来自你潜移默化
婚前爱情就是这样走来
不知不觉走进你花蕊
不知不觉醉倒在你宫殿里

2018.9.4

千方百计得到你

题记：老朋友，当年你在山区工作期间的爱情，被我写成诗发表了，没征求你意见，也没必要向你征求意见，因为经过创作。

模样好甜美，初次遇上你

暗暗惊艳惊喜

天下，真有个理想的你

心砸下来，响亮

下定决心千方百计得到你

不偷，也不抢

给自己下个死命令

攻心，先攻心

不大获全胜，不收兵

既一辈子跟随你

也叫你不愿甩开我离去

做偷，做抢，虽是下下策

也不完全放弃

谁见过战争讲客气

胜利才是硬道理

男人不坏，女人不爱

不是没有道理

男人抽走主心骨

主意拿不起

不敢做，不敢担当

不敢顶天立地

不敢遮风挡雨挡太阳

只会三不三发脾气

不是女人喜欢举到头上的伞

你是我三步争取过来的人

首先我微笑，搭讪

在你身边搞些兴奋事迹

引起你在意

然后趁你开心潜入你的心

默默采你心魂

叫你心魂向我转移

最后不顾家人捏拿阻拦

来你家抢，你欢迎

里应外合，实现共同目的

2018.9.4

情况不明的一个日子里

对不起，你所拨打的电话已停机
亲爱的，这句电话语音
关系你，叫我上哪儿找你
拨打你的这个电话前
给你发送的那些信
像一群放出去找你的孩子
让我没等到音讯
亲爱的，整天没有你回信
打不通你的电话
没有你在什么地方的信息
我去哪儿找你
世界那么大，东西南北
近是眼前，远是天边
城里、乡下；花前、月下
生活那么复杂
有苦，有甜；有饱，有饥
是寒是热，是忧，是乐
这种情况不明的日子
我半天也过不下
你无影无踪无声无息
我是热锅上的蚂蚁
身影在团团转，心在哭泣

2018.9.4

行走苍山十九峰巅的人

从前有很多人讲神仙

信神仙，向往神仙

我也信，也向往

困难时总希望有幸遇上神仙

我祷告，我求之不得……

后来还有个别人还在讲神仙

我不信，很多人不信

说是鬼话连篇

我遇上有人凑上来讲

头一扭，继续赶路

追赶走在前边心无神仙的愉快人

后来，遇上你，在人间

是人海里的平凡人

再后来，走近认识你

认识你的一群伙伴

大惊一跳，开始仰望

苍山三千米四千米十九峰巅上

露面的花，往来的云

冬春月亮里飞来的雪花银

隔三岔五撞见你们

惊喜中不知道你们是天外来客

还是主宰苍山的王妃王子

只有我明白

是行走苍山十九峰巅的神仙

男的是神，女的是仙

是穿得红艳的仙
是足以温暖苍山一条脊梁的仙

你和你的伙伴每次居高望远
又是欢跳，又是拍照
发朋友圈里的图片
都是信手拈来的片片仙境
是我也是众多凡人
以往没有见过的壮美奇观
你和你的几个伙伴
今生走着走着让我遇上
是平时在人间
周末晴天好日子
就行走苍山十九巅峰的几个神仙

2018.9.5

涌现在眼前的彩云

转身推开石门关的石门
眼前，一朵彩云涌现
那柔情神韵
像心爱的那朵叫我的山山水水沉醉

心爱的彩云日夜泊在我心上
我的心是清纯的春水一汪
激情澎湃流出的溢彩
现在前呼后拥一路欢歌奔腾
一路流淌灵魂的秀美

一路有洗心革面的山石挤满关口
使芦苇杂草树木让路在两边
像千军万马沐浴琼浆玉液
不像千军万马豪饮白银化作的雪水

脚下踏响的春雷惊醒凝望的我
顿悟的我，立即明白
原来，涌现在眼前的彩云
就是心上的那朵照映在湛蓝的天上

2017.9.6

亲爱的，约你去登鹳雀楼

你我的起点从小就高，亲爱的
成长在拓展视野胸怀大千世界起点
那儿那些年月刻骨铭心
老师用方块汉字做砖
向上精神做支柱
手搭凉棚高瞻远瞩做飞檐做翘首
讲讲读读写写考考做施工
就让唐人王之涣笔下的鹳雀楼
轰轰烈烈崛起在你的意识我的意识

你我从小由高起点出发，亲爱的
在天天向上的琅琅书声里
走过千条万条水往低处流的大河小溪
到达一览群山小的境界
万千气象入眼入怀的高地
就收获了山外有山天外有天觉醒

思想眼界宽胸怀广的开拓就想老师
就想真理发源地
想走过天下许多地方
却还是没有亲眼见过鹳雀楼
想登鹳雀楼就想约你去
走，你我站在秦晋豫黄河金三角上
遥望黄河源头，遥望黄河入海流
以贴心的亲密关系
触摸神采飞扬千年的蒲州

抓住人在永济的机遇换位思想
告诉诗友，没有鹳雀楼
哪里有唐人王之涣感动千秋名句
人，只要登过鹳雀楼的楼上楼
胸中就有流入渤海的黄河
就有黄河通过渤海融汇汪洋的豪情

2017.9.6

子孙不再想着神头鬼脸成长

你我已经迁出户口四十年
算算，一万四千六百天
有多少天回老家去
有几次看看母校想想过去
读小学，读初中
冬天早上冷，提个小火炉
挡不住吹破窗户纸的风
就盼望着山顶太阳出
盼着敲响下课钟
好跑去阳光里墙根下挤油渣

小时候，寒冬早晨冷么冷
也好过，一级一级升
难过是初中上自习住校睡觉
窝在大殿里的女生
尽管人多，挤在一起
人小胆小的你
依然满脑子想着神头鬼脸
整夜整夜做些噩梦
那些年，读小学，读初中
前脚出这个寺
后脚进那个庙
都遇上烧香拜佛送鬼的婆
那些年穷，穷，穷
医院，各级机关
都离不开寺庙那个神鬼老窝

再穷，不要穷了教育

再苦，不要苦孩子

二十世纪九十年代中期开始

老家山区坝区城区

铺天盖地的口号

举起的一双双手上

耸立起多少所希望小学中学

掉到地上的汗水

浇灌起来一个个校园

全像大都市里分割来一角

亲爱的，大家的子孙

从此不再想着神头鬼脸成长

2018.9.6

水蜜丸

题记：听说举办滇中药谷帐篷诗会，就怀上了《水蜜丸》《大青叶片，一次四片》双胞胎。见会期将至，这两首诗就忙着出世，要赶去参加诗会。拿诗写中草药成分、功能、疗效和用法用量，少见，新颖，写出来，自己就喜欢。

快点吃吧，亲爱的，端起温情的月光玉液
一口气送服下去
我不在的时候，别忘了一日两次
日出，日落
坚持一个疗程，两个疗程，会见效
你好我也好
这黑油油亮汪汪人见人爱的小蜜丸

要知道，你我毛病我晓得，久病成太医
自知之明
才把百草岭扛来，把程家海子架在太阳上
把百草岭上的东西抓来熬出水蜜丸
你问哪些东西我毫不隐瞒告诉你
熟地黄、山茱萸、牡丹皮
山药、茯苓、泽泻，老鹰岩上千年野蜂蜜

快点吃，你吃我也吃，吃了，你好我也好
别小看黑油油亮汪汪小如豌豆的水蜜丸
每次六克，心服口服，一月两月三月四五月
相信，你我会天地回春，自行了断毛病
日月亏损、头晕耳鸣、腰膝酸软、骨蒸潮热盗汗

滚！通统滚

我重振雄风，再做男子汉，你再做神气小婆娘

哦，忘了最后告诉你，水蜜丸，就是六味地黄丸

2017.9.6

大青叶片，一次四片

我们兄弟姐妹住在山区，不愿搬迁转移

大哥大姐叫大黄大青叶

弟弟妹妹叫羌活、拳参、金银花

我们个个土不拉几，是土生土长高原山民

别小瞧我们兄弟姐妹生活的地方太偏僻

一个个隐居高山峡谷

还喜欢半阴半湿的草地密林灌木丛

我们呼吸新鲜空气喝干净的雨水

汲取地心的晶莹血液

凝聚日月精华高山骨力，足矣

我们血流纯净，精髓丰富，头脑清醒

出山跟有些洋气的兄妹结亲

搞出我们的东西大青叶片

有些洋气的兄妹姓名很怪异

喊着有些别扭，难听，难记

扑热息痛，咖啡因，异戊巴比妥，维生素C

大青叶片出入城乡不负使命受人欢迎

尽做清瘟、消炎、解热事情

伤风感冒找大青叶片

发热头痛找大青叶片

鼻流清涕找大青叶片

上坡下坎骨节酸痛找大青叶片

听着，记着，一次四片，一天两次

大青叶片提醒你

头脑发热说胡话，做糊涂事

别来找，要人好病断根，去警示教育基地

2017.9.6

围墙回想

枪声响了，子弹呼啸着飞来
匪贼撵来，乱兵追来
硝烟，风云一样席卷过来
寨子前鸡飞狗跳，人仰马翻

出门干活的人起身逃来
恨不长翅膀飞不起来
双脚灌满铅一样
急得跌跌撞撞，哭天喊地
都巴不得尽快钻回去
赶紧脱险
都巴不得墙再厚一些高一些
把自己包安全
都巴不得堵门的人是大力士
楼上在岗的人是神枪手
是魔功掌
开枪，叫围来的兵匪毙命
出手，拍死的兵匪
像一巴掌拍死一片苍蝇
久而久之
只要手里有口粮就不愿出门
个个都把自己关里边

天下太平，大门洞开
思想解放
里面的人跑出来去做生意

去打工，各奔前程
拖儿带女，携老扶幼
走不了的就坐地摆摊取财
远道而来的游人
掏钱买票进来看包围圈
看一堵圆圆的墙
包藏多少外面的渴望

这是福建南靖土楼
圆圆的土围墙
厚厚地包一圈圈楼房暖屋
围墙高处有枪眼
昔日迫不得已，对外射击

2017.9.7

今天跟你看望那群种田人

那群种田人，不是寻常人
种田，不种在土地上
他们卸来一块黑夜做大田
在我们小、中、大成长过程
拿一颗颗心做田中田
这些心儿广大
颗颗都心怀几百几千块田

他们拿星星月亮太阳做种子
在那块卸来的黑夜上种
在一双双眼前亮起来
给一双双眼睛看见光明
拿古今中外先人智慧做种子
向一颗颗心一块块田撒
这些田，不消翻挖
更不消晒了又晒
只消尽管撒种尽管薅草除虫
智慧之光就一块接一块
一年接一年不断疯长
直至成批成批的心眼光明灿烂

亲爱的，你我跟大家成长
走过小、中、大过程
你我跟大家今天心眼明亮

跟那群种田人密切相关

今天是他们的节日

走，我跟你第一时间去看望

2018.9.8

这个日子只焕发骨子里的精神

那一年那一月的今天
他带领一群人
从血泊里打捞起的一片江山
泡进了泪水
足足泡了好多天
那天接下来的那些天
夜里撕来的黑纱
总是包裹不住江河呜咽

走出那年那月那天那些天
泡过眼泪的一片江山
再次焕然一新
新的姿态迎接新的一天天
迎面扑来的新日子
新鲜，个个甜
甜蜜着你我，甜蜜着一大群人

每年来到历史上的今天
你一大早就提醒我
今天默默工作
不参加开业庆典竣工庆典
不搞娱乐活动
不晒谈情说爱故事
只焕发骨子里的金子精神

2018.9.9

我的想念，我的疼爱

对你咋个有那么多的想念
那么深的疼爱
你内心清楚，我更加明白
你的模样只有我会看
属于我喜欢那种美
日子翻过去千篇一万篇
还是新鲜如初青春美
我相信再过二十年
你还是现在的美
你还有与时俱进一种美
时代日新月异
你就有日新月异风采
给我一步一个翻新
步步走在你的一路锦绣里
天各一方的日子去找你
每次都是不顾一切
跑多远的路都不在话下
只图见上一面
有个放下万般想念的欢喜
途中内心时光会倒流
白云走过蓝天
眼前尽是你幻影
清泉石上流，月照松林间
心上回荡你话语
没手机的年月信息闭塞
白跑一趟，都很难免

想急了的一个我

伶仃洋里漂流的伶仃

还是手按心儿等信

等十天半月来信

读来自你心上的文字

看火塘里扒出来的红红炭粒

相聚日子你喜欢寸步不离

有手机出门你也心慌

走空神魂的心，等候我归期

你在意我的短信微信

等我来信你性急

心，时时刻刻睁大眼睛

回信三字两字你叫急

那是我的幸福

是你心灵呈现最爱的美丽

你是这样一个可爱人

我当然会有那么多多想念

那么深深疼爱

愿意付出一切的有情人

我想，就是你我这样产生的

2018.9.8

现在生活在想你的倒叙里

好！现在发微信报告你
想你的我很幸福
想你我那些朝夕相处
那些细节情节环节
插叙倒叙直叙
全像甘蔗地的甜蜜洋溢
想心里回响你的话
想你这样那样美
都是心灵涌现美丽情绪
去陌生世界你是雪
有不动声色的美
来我天地是燃烧的火
尽情绽放灵魂
来我梦里是五彩云
我，没一根神经想觉醒
遇到你是我今生福气
和你在一起
我生活在幸福里
那些一次次小别小细节
叫我也幸福
幸福生活在想你倒叙里

2018.9.11

解放，解放，欢庆你解放

这一天，为你连干三杯
调离鬼地方
放下心来，不再被小鬼纠缠
笑得灿烂
我看见解放的太阳
亮在大雨洗除乌云的天堂

这一天，隔壁有人欢唱起来
老魔鬼媳妇
放手扯了离婚证
做了出笼的鸟
她与其委屈一辈子
不如决裂
冲出牢狱飞进广阔新天地

这一天，有人热泪盈眶
起死回生走出医院
跟瘟神死亡告别
举起手来挥挥，永远别再见

亲爱的，你跟她，跟他们
同样的是心情
轻松愉快
不一样的是你头顶换了一个大
灿烂阳光普照天下

亲爱的，你的现在我的感觉
像推翻三座大山那年
站起来的神州锣鼓喧天
同心世界同乐
像思想解放那年
跳出禁锢的心
翱翔在广阔天地自由舒畅

这一天，你思想再次解放
我为你干杯
为历来的未来的
大的小的世界解放连干三杯

2018.9.12

像耪好责任田那样善待你

爱你，不去耕种别人的地
搁荒自己的田
培养感情拿出责任心
在责任田上下功夫
潦草耪田误生产
草打发田，田草打发人
毛天草地哄一时
田就哄人肚皮一年
哄着哄着过日子
结果就会失去你的一辈子

爱你，把最好给你
耪田种粮食就种上品水稻
栽种过程大汗淋漓
淋湿的一季阳光
凝结成色最好的黄金颗粒
雪白晶亮的饭米
种上品水稻花力气
费时长，都喜欢，都乐意
爱你，好好把握节气
各个环节冷暖轻重
不施激素，不搞快餐
拿出循序渐进技术
把各个节令搞个有声有色

爱你，做事像做秧田细腻

下水刀秧田低调行吟

不扬声高叫，也不抬举

锄头挨近水皮一划一划下去

双手紧握锄头把

暗暗使出内劲

秧田刀了刀了还要刀

直至刀成汤汤水水一摊泥

爱你，像栽秧倾心

农历五月开秧门

抢节令泡田

先拿日积月累的心血泡

再使牛劲耙好栽秧田

耙成化汤汤水田

就拿拔来的秧苗满栽满插

爱你，你是我的人

我像耪好责任田那样待你

2018.9.15

想起你做的那个梦

想起你做的那个梦
生命的热血轰然沸腾

你梦见了最想见的人
做了最想做的事
捅破了神秘
情不自禁地蹬出一脚
踢破的黑夜
泻下一地光芒
照见长大成人的你
心，沉醉在回味盘旋

想想灵感带来偷偷地笑
越想越忍不住疯笑
你笑得筋骨酥软
笑得花枝乱颤
直至是笑吟吟春水一汪
想你做的那个梦
生命的热血就轰然沸腾

2018.9.15

火上炼着的想念

亲爱的，你我每次见面
都是久久盼望而来的一轮圆月
你我每次离别
都是生拉活扯各奔东西
虽然再见的轮回
还是接踵而来明日复明日
相见的一个个继续
但是，这种再见的等待煎熬
对你对我来说
就是过了十五十六的月亮
放在锅里日益煎熬消瘦
直至成一锅汤水
然后重新进入冷塑程序
渐渐地再回归明亮起来的圆月

煎熬的过程是烧心烧魂的
是挥手说过再见
再心焦焦地
去经历一个个相思昼夜
是彼此火上炼着的漫长想念
好在通信已经发达
情火烧烈了，想念想急了
时间松开一条缝儿了
彼此的感情
就可以穿过时间空隙
让你我实现远水缓解近渴

但是，尽管春雨一样
洒落在彼此心上却很短暂
还是不能从根本上解决干旱

2018.9.18

九一八，一个留在心上的伤疤

亲爱的，日子来到今天
在心的一九三一年这一天
痛就毫不隐瞒地疼

亲爱的，一九三一年这一天
蹿来的东洋魔鬼
伸出的魔爪
突然抓在咱们母亲心上
滴滴淌淌的血
弥漫开来洇红东方
醒来的母亲
条条神经喊疼
长江呼啸，黄河咆哮……
条条江河惊涛拍岸
太行山脉吕梁山脉动起来……
条条山脉霹雳闪电
阵痛的每条神经
就疼破碎散失的血肉细胞

亲爱的，日子来到今天
母亲的伤已好
疤，留在你我心上
大家儿女心上
你摸一摸，我摸一摸
大家各自摸一摸

只要灵魂还在

今天还会抓心地疼

心疼母亲遭遇过这一天

2018.9.17

车，砸锅卖铁也要买

昨晚一场瓢泼大雨
泼在你身上
浇到我心头
湿了你全身
淹没了我心的神魂
你淋漓尽致
我疼透的是心灵

外面雨过天晴了
我心里的雨
现在依然下个不停
心的淹没区
堵得很紧，闷得很慌
走到哪里
都哽咽着歉疚
辣心辣肝疼
疼淋了一场大雨的你

外面的雨停了
我心中何时雨过天晴
雨天路上自己没有车
也许，心中的雨
从此下个不停……
车，砸锅卖铁也要买
你上班下班
途中绝对不能再淋雨

2017.9.18

他跟她的爱情婚姻

镜头一：他那个丑女人
喂猪，猪跑；喂鸡，鸡飞
就去倒卖鸡杂猪下水
三天两头，往外地城市跑

镜头二：他豪气转身
从前成天眯涩眼倒
看着总是睡不饱
现在精神抖擞
大把地数钱，花钱
卖命的丑女人
放出去十天半月不上心
日子过着过着油腻
他开始有出格新思想
自己英俊老婆丑
兄弟面前总是黯淡无光

镜头三：见别人媳妇美
听得到心叹息
回家心情，过了白露是霜降
老婆拿回再多的钱
他都是干旱寒冷
局面，直至发生沙尘暴
可怜的丑女人
做啥说啥都是错
错到哪里，她自己整不清

镜头四：他原是一条光棍

家，一碗清汤寡水

年过四十跑拢丑女睡

丑女也巴之不得，半推半就

镜头五：他现在朋友圈

向几个兄弟发威风

老子有如窝囊一辈子

不如找个漂亮女人

快活一回，神仙一回

花前月下死，做鬼也风流

镜头六：有人打抱不平

狗日一个当代陈世美

别忘记当初鬼样子

别忘记她勤劳勇敢坚强

别忘记她百依百顺

有她，才有人模狗样的你

镜头七：他跳起来

弟兄们出手按住一团霹雳

2018.9.22

这个中秋节拿什么送你送大家

亲爱的，才见中秋月亮

越来越圆地迎面走来

越来越欢喜的心也越来越发愁

这个中秋节拿什么送你

送关系网里的人

以前送的去年送的

今年还拿着再送

没一点新东西，过意不去

来到今天我还是两手空空

心已经愁作一团

慌作一团。面对你

面对天下那么大的一个关系群

我不能打碎几座山

扯起一条江

和成一团加糖加油的面

做成月饼，满足你

满足关系网人群

那样，破坏一个世界

成全一个世界

即使有能力，我也不愿意

我不能摘下月亮星星

给你给关系网内每个人

那样，会遭受网外人痛骂的

急中生智都在关键时刻

浑身思路一通百通

带上传统东西

再揉碎一团心情

倒上桂花酒，浇上菜籽油

加上红糖蜂蜜

造就一些团圆新诗句

祝福你，祝福自己

祝福关系网内关系网外人群

2018.9.22

中秋上旬的盼望

这个中秋上旬，惦记我的你
向夜的大海投掷一枚金钩
住在夜大海下面的我
中秋初一初二的夜晚才来
心就开始透露空洞寂寞
惊慌失措中我东张西望
见我的魂，高钓在金钩上
在别人眼里，是缕飘荡的云

夜的大海之上，无风无浪
夜夜燃烧星星点点渔火
我住在夜大海深处
不怕别人的网络万分密布
我的魂已被你钓走
除了你，除了你
谁也不会捕捉到心空空的我

金钩高钓的魂，我的魂
明亮着我孤独的思念
想，你的团圆，我的团圆
我思念着过一夜又一夜
十五，金钩上的思念
充盈成含苞欲放雪莲
度你的团圆，度我的团圆

你悄悄地来到我的身后

猛地拍打一下我肩膀

我转身，饱满透顶的思念

在惊喜的一滴热泪之中

立即开始从头消融

从此，一个我，一个你

只倾诉以往的思念孤独

到了十六十七十八……

十五充盈饱满的团圆

又在倾诉离别之中冰消雪融

2017.9.23

又一个中秋节从我们时空穿越而过

亲爱的，前天晚上二十四点一过
临近的又一个中秋节
就起身悄悄走来
衣着星星点点金银闪烁黑袍
头顶的一轮明月
圆满仅仅差欠一个夜晚一个白天

来到昨天早上，时光转身
月亮翻脸，翻成太阳
夜里追随过来的斑斓老虎
金钱豹子，火狐，黄狼
在雄鸡一唱天下白的瞬间
通统隐身，只有慧眼才能看见

来到昨天晚上，日落西山一滴血
东山再起的月亮
在千家万户欢度团圆时圆满
半时半刻一丝一毫不欠
花前月下的人们享受团圆幸福
月饼，花生，板栗，大豆
下桂花酒，下葡萄酒
再下时光穿肠而过
又一批追随而来的斑斓老虎
金钱豹子，火狐，黄狼
借着月光在人们忽视里悄悄跑过

来到今天早上，秋风打个喷嚏

遍野都是白露

心事沉重的一些小树叶

就跌着滚着掉落

惊慌的神色暴露了内在秘密

哦，斑斓的秋老虎

追随的金钱豹子，火狐，黄狼

雄鸡一唱的失魂落魄

就潜伏性地隐身在这些落叶里面

亲爱的，过了十五，来到十六

虽说十五月亮十六圆

人生又一个中秋节

已从我们时空穿越而过

还要天各一方的你我

今早看见几片落叶

难免也有一些惊慌的失魂落魄

2018.9.25

织张爱的网撒向你

题记：十一黄金周迎面而来，一些人如愿以偿，放飞自己，一些人在岗值班执勤，有些夫妻，一人飞游天涯，一人在岗……如此这样，故事来了，情来了——

你出远门的日子一天接一天靠近
我一半高兴一半心神不定
你去见识大世面去开大眼界
我为你庆幸为你饯行
你即将离开我的身边远走高飞
我总觉得心有一半要撕去
给你准备行李恋恋不舍
想做你随身携带的一把伞
为你遮西湖的雨太湖的风
给你挡南京的阳光上海滩的热浪
也一路享受你刷新境界好心情
可惜我没福做你携带的伞
只能织张爱的网撒向你
我的网铺天盖地我自心明白
你乘飞机坐火车坐轮船
都在我想念的网眼，我思念的网眼

2017.9.26

让心灵伴随你去旅行

既然爱你，就不只是爱在嘴上
更爱在心里，爱在行动上
就不怕你一次次远行
过两天你远走高飞天涯海角
我捧心欢送你祝福你视线追随你

无论你走到哪里飞到哪里
都走不出我的心，飞不出我的心
我织张铺天盖地的网撒向你
无论你飞到空中游在岛上潜入海底
都在我一心想念的网眼里

既然爱你是爱在心里爱在行动上
我就给你给爱情一起放假
把心灵外套留在家里
让心灵轻松地伴随你去旅行
好一路感应你的歌声你的笑语

2017.9.26

466

想看月亮想看形态万千的月光我陪你

亲爱的，想去看神态万千的月光，我陪你

陪你去金沙江边，去虎跳峡

看一江奔腾呐喊的月光向东磅礴流淌

陪你去洱海东岸西岸

看月光亮晃晃地铺三百里白银

陪你沿溪水逆流而上一直上到苍山之巅

看风雕塑冰雪艺术

看风把来自广寒宫的月光雕塑成汉白玉世界

把来树桩石峰上的月光弄成横空闪亮的银光宝剑

亲爱的，这个中秋节陪你看月光

不只看平铺直叙的月光

还看大山大江和海上的神态万千月光

如果你只想静静地在家赏月

我左手把桌椅、月饼和其他美食搬在院子里

右手像扯开天窗的窗帘扯开遮蔽的云

让一轮灿然出现的圆月漂亮天堂漂亮人间

让一轮漂亮的圆月在你脸上开放白里透红的雪莲

亲爱的，这个中秋节放假，你暂时放下远方的山水

回到我们的世界，我尊你为王

听从你的号令你的差遣

你是我心上那半月亮，我是你心上那半月亮

你回来，你我心上的月亮才团圆

你不在家的日子，你任重道远

拿你的青春你的娇艳给荒凉的远方添光加彩

那些日子，生活欠你多少，这个中秋节我来填补上

2017.9.28

十月：

感情跟秋韵一起色彩斑斓

我是青山，你是白云

秋高气爽千里万里的九月十月
妩媚的白云，轻盈的白云
不依青山之巅，就恋青山情怀
不欣赏风留在枫叶上的口红
就欣赏青山内心流露清泉纯情
倾听一曲曲娓娓道来的心灵回音

青山有青山爱，白云有白云情
脱离消耗热量的冬天
千娇百媚的白云遇见艳阳
会情不自禁，甩甩乌发
为山的青春焕发泼洒春雨
叫返青的山，脸一红，花开遍岭
来热潮奔放的夏天激情燃烧
仪态万千的白云热恋山的情怀
为青山的茂盛风华欢腾不息
灵魂与灵魂交融，电闪雷鸣
慷慨激昂，洒一季豪情
在雨过天晴的山巅炫耀彩虹
向人间开一道直通天堂的华丽拱门

姓名里，我名青山，你叫白云
是我青山上绽放的雪莲
叫我这样想这样下决心
今生今世，我做坚定不移的山
高大，挺拔，正气，长青

你做白云，美如绽放的雪莲

柔和，温润，白美，浪漫

早晚依在山巅，恋在山之情怀

做爱情事迹，不在天地传奇

也有回肠荡气风采，娓娓动听情趣

2019.12.5

山生气，海生气……是这样的

山生气，叫山风，高原风
受气的是森林
是草是云雾
云雾受气可以跑散
森林受气
花花草草受气
别说一次两次三次
十次百次千千次
都隐忍着不离不弃
顶多一棵棵树一棵棵花草
顺风摇头晃脑
发出花花绿绿嘘吁
继续忍气吞声生活在原地

箐生气，叫箐风，峡谷风
能弯弯转转跑
也能一股劲直冲
带着野性
发出豹子老虎的呼啸
不信，冬天来听
来自西洱河峡谷的下关风

海生气，叫海风，台风
不是咆哮的海啸
就是大口大口地喘着粗气
揪扯着海浪暴跳

把海浪抛起来

砸下去，摔出去

到了失控份上

就带着暴雨，卷着大浪大潮

吼叫着冲上陆地

不依不饶地吹断大树

连根拔起大树

掀翻路上跑着的大车小车

摧毁一些房屋

淹没一些城市村庄田地

叫蜷缩在楼房里的人

看着窗户玻璃暴碎

有世界末日到来的惊慌恐惧

亲爱的，我不怕山生气

箐生气，海生气

怕只怕你生气

尽管你从来没有砸砸怪怪

只是不出气，不说话

把气闷到肚子里

脸红筋胀的，气鼓鼓的

每逢这个时候

我就怕喊不回你的笑眯眯

就想方设法哄你高兴

叫你扑哧一笑

恢复花开笑容的美丽

有时，是我闯祸

惹你大发雷霆

我更不闪开，不避风头

反倒坐下来默默地

让你劈头盖脸咒几句，出出气

2018.10.9

外边的我，你放飞的风筝

要不得，要不得，越来越近
应该有亲近声气
咋半天还悄悄地，没反应
是不是还飘在遥远风景

别这样说别这样说
前个时期，不，一顿饭前
车上的我跑进白日梦
和重逢的你亲热
现在，嘴角还有你吻上的蜜
放心吧，亲爱的
外边的我，你放飞的风筝
无论怎样飞，飞多远
心上也系着一根你牵扯的线

再说，你是明白人
只要手机有电有信号
人远心不远的我
有触及灵魂的心线你牵着
只要见你短信微信追来
分分秒秒，我的心音
就会在你心上嘟嘟嘟地响应

2017.10.9

你归来停泊的港湾

我的怀抱是你归来停泊的港湾
我的肩膀是你归来停靠的岸
你的心在我怀抱里跳
我的心回响你快活的欢喜
跳动的心音我仔细抚摸
感觉就像港湾里的浪潮激荡
跳动的字句倾诉离别思念
你说，游得越远，思念越长
离别日子越久，思念越多
夜晚你都是激情的想念
你跳动的字句叙说归来的感受
感激我的怀抱积蓄的热量
我爱听爱摸你这些跳动心音
字字依然是那么滚烫那么亲密

2017.10.9

今年你我的十一黄金周

今年十一黄金周不去旅游

因为心里有你走不动

有如那样，不如留在你身边

有空携手就近郊外走走

秋高气爽天地，有爱的籽粒

成熟的，该收的收

春天你我爱在希望田野上

撒播的一把把心语

飞上九霄是漫天星星

落下的，是现在满田谷穗

郊外的色彩风一吹就斑斓

绿浪翻过去，一片金黄

翻过来，火红一样

日子是个蜂箱，盛满金波银浪

有空做一对开心人

取下高搁天堂的银镰

开箱割一片片甜蜜

快递给远游异乡风景的友人

今年十一黄金周不去旅游

节假日白衣天使不放假

其中有我舍不得离开的你

2017.10.10

秋词响亮芬芳

稻子、苞谷、大豆、小米……

亲爱的，我们的这些秋词

秋上开始吃香的词

春上做种的跑出词库入土

遇上一两次汗水井水

两场三场四场天雨

就翻个身打个滚醒来

迎风展现蓬勃生长的青翠新姿

在夏季汗水雨水里

稀里哗啦渲染养我们田地

仿佛蓝天大开绿灯敞开一道口子

向山巅倾泻玉液琼浆

从上至下劈头盖脸地浇

淌得漫山遍野都是绿

直至一个个坝子都是绿色汪洋

直至我们的汗水天的雨水

凝结成颗粒饱满的穗

再低头接受秋老虎的热情考验

慢慢地烤，烤出本色

烤出稻子金黄、苞谷金黄

大豆、小米金黄

然后又是下轮十月秋收，春上下种

稻子、苞谷、大豆、小米

这些词，到了秋天今非昔比

都是百倍千倍急着入库

别忙，等拿到打场上晒晒秋阳
等亲爱的抓几个咬几个
先体会体会秋词入口的响亮芬芳

2019.12.5

太阳从脊梁上滚过

亲爱的，那些年六月七月
白天的太阳从我们脊梁上滚过
整个脊背火辣辣地热
就像火轮从脊梁慢慢滑过
正午偶然也有风
却不指望凉爽
那是太阳喘出的气
热腾腾的，叫人浑身难受
脸上汗水，胸前汗水
像热流，劳动不停，流淌不息

六月七月日子
别以为忙过栽秧种地五月
可以伸伸腰伸伸脚松松筋骨
休想那回事
六月七月，只要一阵大雨
只要稍稍地松懈放纵
疯长的杂草
就把秧苗苞谷苗大豆苗埋没

村庄在东，养命田地在西
六月七月的日子
你薅秧，我锄地除草
面向田地，脊背朝天
你我的脊梁
继续弯成两张弓

太阳从东边地平线上出来

从身后起来

爬上脊梁，爬上头顶

直至你我直起咯咯作响脊梁骨

才从你我头顶向西跌落

2019.12.5

有些像拉萨有过的那个情郎

这一年这一月这一天两天

车水马龙昆明城

行走着一条外来汉子

他心有足够底气

胸怀坦坦荡荡勇气

迈着矫健步子

尽往繁华大街闯

他手握一把抓起来的交通线

北京路东风路

青年路金碧路翠湖路

滇池路圆通路

书林街，威远街

往来一趟一趟又一趟

从不知道疲倦

精神，足有高原云岭饱满

是内有岩石骨力

外有意气风发的情郎

目光扫完建筑群落

登上悬崖峭壁一样大厦

选定有板有眼地方

让梦跑昆明的女人梦有归宿

梦断几十年流浪

这一天这两天这个男人

有些像拉萨有过的那个情郎

那些年那些月那些傍晚

拉萨街上常常走过一抹红艳

很轻，也很坦荡

那是雪域高原最大的王

世上最美的情郎

他丢开金殿

两手空空去见一个心上的人

是人间最美姑娘

姑娘从九霄云路来

心甘情愿做着深藏不露的月亮

情郎走进小屋

缀满宝石的黑袍

带风，呼啦啦覆盖雪域高原

2018.10.10

上辈子上山，这辈子下山

上辈子，你想看得远一点
抬腿上山登高
远望山那边，山那边
喊一声，站得高，自然看得远
落地的音符
跟你立足生根一百年

这辈子，你下山哭一场
山下远离烟熏火燎
夜晚华灯高照
走路不消爬坡下坎
跟我一场旷世之恋谈情说爱
我人在天边时候
你掏出手机点点号码都成

山尖没有大路没有信号
没有电，没有超市
没有大学医院
人间许许多多事
跟天一黑就两眼摸黑一样
别说看得长远
根本就是样样看不见
更别说站得高，离太阳近
活着温暖，死了温暖
山上比在山下冷
山下没有风寒

山下没雪山冰川
山上的冬天，云遮雾绕

这辈子，转世轮回人间
醒来易地搬迁
你起身抬脚就走
下山理由充分
站得高，不一定看得远
离太阳近，不一定温暖
山上，人在其间
现象：如神，如仙
这辈子八人大轿来抬
你会挥手断路
不再上去立足定居
山尖，完全留给树木草根……

这辈子，你精明美艳
目光远照天边
我跟你城乡一体化
想的看的，样样深远

2018.11.4

再不去，就来不及了

亲爱的，再不去就来不及了
过不上十天半月
乡下满坝子满山坡的秋色
就会被收走
那时你会吃惊，遍地黄金
让风舔得一干二净
留下的是席卷过的痕迹
——辽阔的空旷
那时，你会遗憾
错过时机，要饱一回眼福
又要苦苦地去望穿明年秋天

乡下，一年一度的好景色
最气派，最烂漫
是春天的阳光
在水田里一天接一天沉淀
是夏天的阳光
在稻穗上一天接一天凝结
是秋风一吹
就是奔来眼底的金色汪洋
就是童年穿越过的辉煌天堂

亲爱的，你我唱着童谣成长
老天公公下大雨
栽黄秧，吃白米
我和你，我们跟小伙伴

雨里唱，雨里跳

唱着，跳着，跑进秋天

跑进太阳泼了一地的金色灿烂

去埂子上捉蚂蚱

去收过稻子的田里拾谷子

晚上，油煎蚂蚱红红的

下白白的新米饭，香香的……

高兴的是我长大的那年十月

捆起两堆谷子，捆起两堆阳光

一根尖尖杆两头戳

一头戳一捆

我挑着两捆谷子路上跑

你，屁颠屁颠一路追

追上一回，扯一回谷子

扯了捏在你手上，说是你拾的

2019.12.5

望你，在连天连夜的雨中

望你，我在雨这边，雨这边
你在我视野外面的哪里
天不亮就来的雨
把整个白天冲到了晚上
我躺在雨中容纳我的小屋
像只小船承载着孤独
在时间流动的雨水中飘摇浮动

白天，荷塘那朵莲花很抢眼
淋雨很鲜艳，很像你
在我心里却替代不了你
我没有你就在身边的感觉
只会由此及彼
感到你是站在远方的雨中
想得更多的是一朵激烈的火
在望你望不穿雨幕的眼里
火烧火燎，烧得一颗心焦焦的

我恨不能一气吹散连天连夜雨
吹个天亮，吹个艳阳天
让我望见从远处奔跑过来的你

2017.10.12

温暖，你来，敞开春天给我

温暖，你若跟着秋天离开我

快乐就毫不客气离开我

寂寞就来折磨我

绿叶就哗啦啦解散脱离我

高举天空就只是我

养神鸟语养魂花香就抛弃我

独立水冷草枯就是我

过往行人就不再关注我

就拿冷眼看待我

有我无我，不影响他们的我

跟他们毫不相关一样的我

枝头有话没人听的我

是一贫如洗活脱脱穷光蛋的我

是等你来扶贫救助的我

你来，敞开春天给我

再回你满怀温情里的我

就是热血沸腾的我

心蕾怒放就是花枝乱坠的我

2018.10.13

走过，路过，千万不要错过

亲爱的，从街上走过，路过
总有卖点这样召唤不休
从南国左边右边过，总有一颗红豆心
也是这样反反复复在呐喊

不要因为前边一些无聊事
就把为你而生的一颗红豆冷落
不要因为前边美景诱惑
就放着一颗渴望的红豆去赶路

亲爱的，世上最多是原上草
你连天连夜割
不仅割不完，越割会越多
自古野火烧不尽
春风吹又生，遇上雨水就疯长
不要活得太累
世事多如原上草
那些毛毛事，该放下就放下
让世界全高兴，菩萨还没有过

亲爱的，前边美景也是多如毛
你一辈子看不完
何况风光今年不看明年看
依然还在那个地方烂漫

亲爱的，别想来日方长不着急

跟你的红豆相见一回是一回

今天走过路过错过

也许，无常的明天你就喝后悔药

2017.10.16

这些些情形，完全像你我

爱到深处，相爱的人
没生活在一起
心，就有千斤负担
且，斤斤两两是惦念
人总是提不起精神
半天路程，一天走不完
途中还歇店
店前，一辆重车抛锚
油箱没油，胎没气
亲爱的，这些些情形
完全像惜别后相思的你我

爱到深处，相爱的人
生活在一起
日子敞亮，秋高气爽
心，没有相思负担
人，有一股精神
会谈笑风生，轻松愉快
像卸了货、加了气
加了油的车上路
更像精神饱满的火车
意气风发出站
呜……咣当……咣当……咣当……
欢快提劲，提速
亲爱的，这些些情形
完全像生活在一起的你我

2018.11.3

492

今生，把最美的大爱给你

题记：有福同享，有难同当，我不是；夫妻本是同林鸟，大难临头各自飞，我不是；我是这样的——

亲爱的，今生路上
最美的大爱给你
哪一会儿天灾人祸危难临头
我会抢在千钧一发之际
抓住一线生机
远远甩开你
让你目睹
惊现的炸药包我一人扛起
暗藏的地雷我一人踏
上刀山，下火海
我一条汉子直奔前去
命在悬崖边上
只有你在安全地方
我排险，才一百个放心
如果你抱着我不放
我会胆战心惊
会在暴风袭击之际
惊慌失措，错失良机
没把你及时推送到保险区
结果追悔莫及
跌落的过程我梦见过
是后悔莫及的
啊了了，尘埃落定

碎在谷底的心
片片疼你
凝聚在谷底不散的魂
天天骂自己
天天哭你，喊你，亲爱的

2017.10.20

大理遍地都是美丽的诗

喜欢写诗，就来大理
我乘下关风去迎接你
下关风是诗
有声有色，有豪气激情
风跑过的地方请放足视野
三百里洱海诗潮滚滚

上关花开，花的诗潮弥漫
大理古城，站在花的诗潮欢迎你
风吹花的诗潮，一片一片诗的浪花
飞落苍山，飞落田园
铺成诗句描绘的花团锦绣

苍山十九峰是洱海里站起来的诗
三千米、四千米，秀色淋漓
巅峰的白雪公主舞云弄诗
十八条溪流，奔放长句短句
苍山内心是诗的世界
唯美意境活在石画页里
南诏风情岛上堆满洱海诗句
随手捡一只海螺
吹出洱海月的情诗，洗心的诗

诗的大理有画，画的大理有诗
你来，梦想伸手卷起带走
梦醒你留在遍地美丽诗句里

大理古塔古城古街古楼古院落
古体的诗群，海纳新内容
诗里流动现代人现代五彩生活
你冬向太阳夏坐绿荫
卖玫瑰酒桂花酒卖醉人的诗
卖苍山茶卖鲜花饼卖芳香的诗
大理最美的花是金花
有空就叫我跟你去采金花诗句

2018.10.27

今天写不出诗来，因为你

今天想写一首诗，非常地想
跑进自己的写诗天地
举目望去，视野全是空空的
像两个肩膀扛着的脑袋
没触动灵感的，啥都没有
这样一个空壳世界
不因为别的，只因为亲爱的你

今天你不在我的写诗天地
天就没有云没有雾
并且，白天没太阳没飞鸟
没风筝，没其他飞行器
夜晚没月亮没星星
地呢？别说一片熟透的红叶
也是什么都没有
没花草树木，没过往行人
没城市高楼大厦
没乡间田园牛羊马骡猪鸡猫狗
甚至，连一丝风都没有
连个信号都是空白
整个写诗的天地
就是一个空前黑暗的空洞
仿佛，一切的一切
都因你今天不在就不存在
都因你今天外出就完全离去
整个写诗天地

只剩下我和我的声声呼唤

亲爱的，今天去了哪里
我一天也不能没有亲爱的你
你是我写诗造句的灵魂
你在，写诗的灵感在
诗的灵魂和我的灵魂在
今天，我写不出诗来，因为你

2018.10.16

河　流

神州大地上有多少江水河流
我体内就有多少江水河流
只要我活着，它们就流淌不息
只要遇上大悲大喜
就情不自禁溢出眼窝
哪天打开仪器，打开我的身体
亲爱的，你目睹你数你记录
是不是有长江，有黄河
有珠江、怒江、澜沧江、黑龙江……
有淮河、海河、红河、万泉河……
有连溪流在内的万万千江水河流
有你惊叹的壮观，气魄
有无微不至的长流细水集散分布

笑纳奔腾而来的日月星辰
放纵浩浩荡荡的春夏秋冬
是黄河，是壶口瀑布
走着坦坦荡荡，是长江
胸怀万千世界在大地上从容漫步

我体内的江水河流，体现过我
哪天打开记录仪，你阅读
你会看见我的那些言行
体现大江大河的豪爽气魄
你会看见我的那些细腻感情
体现小河小溪滋润土地悄声默默

打开仪器，打开我的身体
我的大动脉，我的大静脉
是你眼前的大长江，大黄河
密密麻麻的那些毛细血管
是这个水系那个水系
小江小河的万千江水河流

神州大地上有多少江河
我体内就有多少江水河流
哪条小河流逝走丢了
哪个地方就会焦渴疼痛
哪天我体内的江河停止了流动
别失望，别痛哭
长江，黄河，淮河，万千江河
早已传入子孙体内流淌着
就如祖先流传下来流传给我⋯⋯

2017.8.21

长　城

你游过的万里长城
没超市，没酒店
尽管白天有蜂拥而来的人
也不是城
是长达万里的一堵墙
挡不了风霜雨雪
滚来滚去的雷
扯来扯去的闪电
岁月深处，却阻挡过敌人
是一条铁骨铮铮的脊梁

说孟姜女哭倒长城
故事凄美
哭喊出了许多同情眼泪
其实，长城没有倒
也倒不了
说它倒
是个别人用心的思想
要是真的倒了
敌人长驱直入
哭个死去活来的人
就不是个孟姜女
就是一茬接一茬妻儿
死人就不止范喜良
就是一堆一堆白骨堆

你游过的万里长城

蜿蜒在崇山峻岭

飞扬龙腾不息的神采

振奋八方游人

你没游过的长城

也是一堵墙

抗日战争

它是铜墙铁壁

中国人民站起来

它是捍卫新中国的长城

2017.10.17

桂林山水

跑过三千里路九百座山九百条河
就眼目一新大吃一惊
你是壮家女儿织出来的一匹壮锦
招展开来覆盖桂林，覆盖广西
你有多少座起伏的山
就有多少个千姿百态美人
纺线织锦神采奕奕
那条蜿蜒的漓江
就是少女指尖滑落的丝线千里飘逸

你我不是青梅竹马，也早已有缘
从前走进课本遇见你
你美好，像秀美的女老师
叫我情不自禁喜欢你
可惜了，可惜了
我瞧见还想好好瞧瞧你
我的课本，我的女老师
就被突如其来的一场风暴席卷而去

走过半个世纪走不出想念的心
爱过你的种子早已发芽
早已疯长，早已枝繁叶茂
早已结满红豆
不堪负重的心早已喘不过气

想急了的日子心灵深处闹革命

抖擞精神抖落思念千斤万斤来寻你

思念万般的我来了不想走

已经来不及，来不及

你美丽如初，我已老去

客栈的门窗为我只能轻轻叹息

可惜了，可惜了，可惜了

有缘无分的人错在错过了半个世纪

2017.10.17

张家界

这里是神仙的大千世界
这里是神仙聚会的天堂，瞧瞧
一个个神仙就是梦中的巨人
他们，欢聚在这里
或三五成群或成双成对
或交头接耳窃窃私语
或面对面交心谈心
要看清他们的面目，要上
坐缆车上！上！上
亲临云霄之上
才配跟他们面对面寒暄
赞叹，不然
只配游进他们脚趾间的金鞭溪
抬头望望……望望……
溪畔的松林茂密高大
从古至今都在努力成长
天天向上？向上？向上
一直想和神仙们肩并肩做伴
如今，人们仰望
望掉帽子也望不见头的松林
和神仙相比还差千丈
它们想跟神仙面对面见面
还得拔地而起，飞步冲上云端

神仙们是千万年前的人
个个修炼千年万年

石头做的骨骼体现道骨

花草树木做的衣裳回荡仙风

个个把自己塑成千姿百态

立地顶天，岿然不动

供千代万代游人抬头仰望，仰望

2017.10.17

前三世后三生的情人

见我打着红伞冒雨走来
迎面一棵大梨树上
就有一团火焰
乘风向我匆匆飞来
在脚前轻轻落下
火团虽小，小如一瓣牡丹花
却点燃了我深深寒秋

这是一片有魂不散的叶子
湿漉漉的，泪流满面
我生来会看花草树叶神韵
她藏不住的心语
也毫不隐瞒涌现满脸
她红着脸，说是我的情人
倾诉她为人前三世
埋怨我视而不见
问，咋个对那个那么好
前三世后两生都做我爱人

说她又在轮回三生路上
这一生命短，一年少个冬天
只做了一片树叶
有血有肉的一片树叶
从生到飞落前
都在后边这棵大梨树上等
见了我才立刻红起来

红起来是热血沸腾
说她明年又是轮回再生
命很长，是棵树
在风景独好之处等一百年
等我去抱她，抱过
就是我今后第三生美人

雨中，我怜香惜玉捡起她
把她放进情诗里
先做我这生最美书笺

2018.10.17

你我不知哪一世就是亲人

你我遇见，对眼的份儿
必须使用一件天衣
才有资格作比喻
说过天衣无缝的人们
谁不信，谁来看看你我的相遇

你我第一次遇见
那种默契程度，只有天知道
搭话仅仅三言两语
就留下姓名地址
留下电话号码
整整一个激动细节
都表现迫不及待
都像解释五百年渴望似的
过后想想，惊奇
那种信任，都毫无顾忌
连周围盯着五百人
都没放进眼里
完全就像待在两人世界之境

第二次见面在远方班车上
你我都意外
匆匆买票，匆匆上车
匆匆扫全车一眼
见一个美少女身边有空位
匆匆上前轻轻问

姑娘，这座位有没有人

没有，姑娘抬头

满面笑容，如花绽放

爆发出来的声音

有你连带我，同时的

啊呀，是你……是你

两个意外惊喜

惊动前排一老一少

直叫她俩同时回头看我看你

那天，你妈你姐坐前排

天哪，这个怪丫头

历来都是不赏脸的花骨朵

唯独这天开了

还开得那么甜蜜

那时，我听见你妈心里骂你

第二次遇见后你我微信联系

工作生活有压力

你就释放在我场地

那天听见青春流逝的信息

那天我出马

抽刀砍断一些去路

不准你再向老弱病残走下去

2018.10.20

最痛苦的事，忍痛割爱

题记：以往打电话收短信发短信的手机隔三岔五报警，信箱爆满，要清短信；今天，智能手机也三弄两不弄就报警，空间不足，要清微信、图片、视频……这里回放以往删除短信的事，是一些心灵痛苦事——

忍痛割爱，是最痛苦的
以往忍痛割爱的事
是我删除你来的一些短信

那是长长短短深深浅浅河
汇集喜怒哀乐的字
甜甜酸酸苦苦辣辣的句
储藏冷冷暖暖
形形色色的面容表情
都是些你刮风下雨
雨过天晴的阳光
都是些我心头宝藏
养我的灵，养我的魂
难过时日信箱爆满
出入渠道堵塞
阻止你我交流感情
逼我不得不删一些来信

信箱里的信都是你的信
删每个字都难
尽管删的是以往

依然下不了手，不删

不能继续收信

更惨，像鱼儿断水

删，很痛心，收藏的信

心头的血肉感情

删，很像惨烈自虐

按着心，忍着痛

一刀一条，一刀一条

活生生地把心头肉割出去

2017.10.23

我的家，跟着你走

亲爱的，喝过喜酒吃过喜糖
爱你爱至入骨入髓
你在哪里，哪里就是我家
就有我着迷的温情
调动频繁的岁月家是个漂流瓶
日子是个漂流瓶
你租住过的每一间小屋
曾经是你家是我家
是漂流瓶一次次停靠的小岛

我一次次踏破高山跑来团聚
进门放下过一路疲惫
放下过霜降的阴冷
我来首先扑进你一团温柔里
满脑子的思想意象
就是一轮走累的受寒的太阳
钻进云朵美美地睡
有时醒来抖擞精神动静大
惹房东大惊小怪发脾气
惹你火上浇油怪罪
轻些，轻些，天天说着不听

2018.10.23

513

霜降，就把你的温柔穿到身上

亲爱的，天亮看见遍地月光
冷落成抓得起来
撒得出去的白霜银雪
就是霜降、小雪、大雪、小寒
大寒接踵而来季节
就是我一心把你冷暖担起来
到头来天地翻转
反倒是我把你的温柔穿到身上

那年霜降之后你我恋爱
见过两面，还没给你买东西
就穿上你织来的毛衣
纯毛，高领，嫩黄
集结你千针情万线爱
穿着柔柔的暖暖的
感觉到你双手柔软温暖
不仅挡住飕飕来风
还挡住你表哥血丝丝的眼睛

这些年霜降后我不怕冷
天亮出门，大踏步走
踩响月光凝固的霜表现的雪
顶着西洱河尖啸的风
因为穿着你买的毛皮鞋
穿着你买的保暖衣
好柔，好暖，好舒适

感觉穿着你一身柔软温暖

爬坡跑步还冒一些汗

感觉还没离开贴身亲热的你

2018.10.24

冬天来了，天冷，有你就不怕

霜降过后，冬天就在眼前
冷，再冷，再冷
亲爱的，有你
我就不害怕，毫无顾忌

穷，雪上加霜，也不怕
白天出去干一场大活
出一身大汗
家里有火塘有你煮饭
心里就热就滚烫
收工顺路捡一些柴
不消多，一两捆
足够一天一夜烧，就好
晚上面对面烤火
锅里煮一轮沸腾月亮
两张笑脸都闪烁着红火苗
寒冷烧成一堆火炭
你我就想睡觉
面子花开红牡丹的蚕丝被一拉
就钻进去抱团取暖
何况人在不太冷的南方
早已脱贫越过温饱线
有太阳能烤火器
毛皮鞋保暖裤羽绒服
就算人在北方
只要有你，我也不怕寒冬

你会调集热量
北风来，大雪来
气温断线掉价
落地零下三十四十度
就不出屋，把炕烧暖就行

亲爱的，大自然的冷
消除，从古至今
比世态炎凉的寒凉容易

2018.10.26

佛诞日，也是我生日

历史上昨天，没风没云大白天
诞生一个不同凡响明白人
心眼里的世界明明白白
明白天下的明白人
念念有词，一步一金莲
东南西北，千山万水顺从朝拜
菩提树下一坐六年一觉悟
成佛，成佛，成佛如来
如来佛法，法力转动法轮千年

我不敢相信自己这么有缘
竟然跟如来同月同日生
有缘我也不敢跟如来比
只吃惊这天真的出现奇迹

那年的昨天我头顶旭日哭着来
簇拥旭日的彩霞烂漫鲜艳
天下鸟语花香喧腾
昨天我过生日白天太阳关照
晚上天堂有大戏上演
风拉起夜幕吹呼啦啦乐器
闪电扯亮天亮地亮闪
雷，紧锣密鼓，云翩翩起舞
霓裳像大海的波涛欢腾
戏到高潮，情到激动不已
看戏的演出的喜泪淋漓

久旱的人间欢呼一场喜雨
雨后的今天空气很新鲜
种种生灵，洋溢着活跃的气氛

今天我还在高兴中思想
疼爱万千的妹妹昨天来看我
祝福的话没说一句
面对我，像面对众生的如来
默然不语，拈花自在
妹妹手捧一束玫瑰一步一莲花
带着超然意境从容走来
妹妹手上一花一世界
有多少花朵就有多少个世界
我灵感通透，仿佛再生
心上一叶一如来
有多少绿叶就有多少如来
视野里，随眼见到的都是如来

2018.10.28

穿六五式军装的两个女子

从前的一个女兵找到我
她从微信群里找来
添加成朋友
她发来一张黑白照
穿六五式军装
十八九岁，英姿飒爽
是当年梦中她
跟现在微信封面上的她
同一个人两个年龄
高兴，很高兴
几十年前消失的她
现在出现啦
近在眼前，远在遥远天边

我从小热爱人民子弟兵
在当年教育中爱上
年轻时爱上一个女兵
心生感情年月爱上
二十余岁梦见她
做过梦就在昆明见她
高，精神，矫健
羊角辫，瓜子脸，大眼睛
见她，就加快跟上
没几步，我勒马站住
在父亲的阴影里
看她消失在西站拥挤人群

父亲是军官，是抗日英雄

后来是地下交通员

农协会主席，人民街长

被一个夜晚弄反

母亲下跪，大姐哭泣

复查后父亲出狱

支书宣布冤枉

改正八个月混淆黑白

别有用心之人不依不饶

继续拿阴影打人

活在父亲阴影下的儿子

不敢再追女兵

正本清源，我走出阴影

地下组织走出阴影

父亲的战友出席大阅兵

他在天上看战友

看我看儿媳

从前找对象找到现在的妻

黑白照上的她

也是穿六五式军装的

她，心是女兵心

军装是相馆给她照相穿的

2020.10.30

521

爱你如大地接纳天一切

好些些年了，爱你依然如初

是大地接纳天的一切

刮小风大风

青青草青青柳条顺风飘舞

扯闪打雷

山不会分崩离析

下大雨下暴雨

下得一地流水泛滥

照样收归江海里

江河湖海是一副柔肠

下冰雹打打砸砸

没事，不躲避

都把冰雹融化在胸怀里

这不是爱得一塌糊涂

是既然喜欢

就把一个愿打一个愿挨

进行到底

亲爱的，今日霜降

给冷艳脸色

没事，别说霜降

包括今后的小雪大雪

也权当保养脸面

上点粉，搽些雪花膏

或是敷层面膜

都在洗脸后或揭膜后

展现一张桃花笑脸

迎接你豁然开朗的阳光明媚

亲爱的，我的世界容纳你
随你，给啥都笑纳
你在，爱就在
年年都这样流转轮回
你问爱有多深
爱的深度跟容纳广度一样

2020.10.30

在梨园，你碰上一个想得美的男人

他愿在这荒郊野外梨园里
突然遇上你
从一团绿荫覆盖的老屋走出来
就这个样子
高个子，长发飘飘
马蜂仙子小蛮腰
从头到脚该细的细
该凸的凸，该凹的凹
白皙的脸，没有太多的肉
只有笑眯眯双眼
笑眯眯眼
有放射过来不可阻挡
他也不愿回避
叫他神魂翻腾的一种魅力

在这个地方你这样出现
有人说你是妖是精
有人不喜欢你，有人爱你
他是看透尘世的人
不活几百年
谁也活不了几百年
是白骨精也爱
是雪狐小妖梨花小妖也要
只要你不是魔鬼
不是怪
只要你同意，就领回家

把所剩日子

放进你的诱惑

你的温柔你的精明

你的驱风散雨

你的阴凉你的阳光快快活活地过

他是一个想得美的男人

不爱木雕冰雕泥塑的美人

他想得美

会识美爱美

那年那天

就深深爱在这个灵气十足的情节上

2018.10.31

十一月：燃烧冬天的精神

爱眼里的女人是美好幸福的

题记：情人眼里出西施，爱眼里的女人，是美好的；有爱的女人是幸福的。近来，微信传播过许多美言美说，这里再创作再传播——

亲爱的，世上女人千姿百态
各有秋色，各有所爱
爱眼里的女人是美好幸福的

瘦女人在爱眼里杨柳怀春
风吹来，爱牵着苗条走
胖女人在爱眼里丰腴
爱在挺美，爱在一身富态
心有杨贵妃转世幻想
妖艳女人在爱眼里色彩充盈
爱心深藏前世不泄露
狐媚双眼闪闪烁烁
天子看不见三千粉黛
活，只活在一人万种风情

刁女人在爱眼里锋芒出鞘
呆女人在爱眼里稳沉
在爱心里是不急不躁淑女
小女人在爱眼里娇巧
入怀，是一团蜷缩温柔
爽直女人是爱的阳光女人
心有阳光，直射入场

冷艳女人爱眼有宠
怜惜月宫送来一个白雪公主

黑女人在爱眼里是黑珍珠
洋气女人时髦先进
是赶潮流超潮流领潮人
疯的女人会玩
走到哪儿，哪儿就是气场
青涩女子在爱眼里青春
老女人风韵犹存
晚霞是红艳的花，不是黄昏

亲爱的，爱眼里的女人美好
美好的女人幸福
今生你走过多少环节转折
有多少个花样神韵
你瘦过胖过刁过洋气过
青涩过心直口快过……
在我眼里你样样美好
情人眼里出西施
爱你，我是明白不过的注脚

2018.11.5

惹你不开心，就是罪过

你那么娇美，谁见谁感动
感觉画上来的形容
走着，一路踏起春风
你是女人，玲珑小美人
你是花，女人花
女人花中一种出色太阳花
你心离太阳最近
花开在太阳边
你柔美，你温馨，是生性
你色彩缤纷，是姿色
是一种生活姿态
是内在光彩释放，默默奉献

那年他遇见，求你跟他走
因为爱，毫不犹豫
离开生来最阳光最温暖地方
让他迁移，跟他走
来边疆一起落地生根
拿积累的一团温馨阳光
明媚开放他家中间
叫周围发生一些羡慕思想
日久天长，活成格局
享受你的温馨你的阳光
人家已经习以为常
麻木中还嫌温馨不够
拿烫水泼在你心上

罪过，太阳花收合花瓣
泪珠滚过气鼓鼓脸蛋
高原所有土地，都表露不平

2019.11.5

来，给你敞开温暖的怀抱

快来，亲爱的，给你敞开怀抱
避避迎面而来冬至寒潮
给你一轮胸中热烘烘太阳
把冬天烧成一堆你过日子的温暖

我的给予不是多余也没多余
你的世界，我疼爱的天地

你在怀中的模样，我最喜欢
好个活生生幸福形象
你安静柔和地泊在我怀里
抿着嘴角高扬一朵微笑
包不住蜜浆浆的春蕾
昭示内心有丰满的甘美
闭起来的双眼再现月亮弯弯
不会隐藏热爱太阳的喜欢

别说冬至，别说过去眼前冬天
今生，只要你高兴，你幸福
我的怀抱，天天做你港湾
心，专心做传送给你温暖的太阳

2017.11.15

你温暖村寨，我温暖你

冬天来的这些天晚上

我都端一盆热情洋溢的水

给亲爱的洗洗脸

烫烫脚，暖暖心

我走院子中间过

冰凉的一块月亮

瞬间融化在我一盆烫水中

来到冬天的这些白天

村村寨寨都清闲

年轻人远在城里打工

少年儿童近在小学读书

老人，成群扎堆

活动在活动中心

健身打牌聊天晒太阳

城里的白衣天使

抓住村村寨寨冬闲

给老人体检送药

这个行动叫送温暖

送温暖的白衣天使

个个是亲近村寨的太阳

其中，有我亲爱的

亲爱的，你送温暖给村寨

我给你暖心责无旁贷

白天，你温暖过的村寨

洋溢着晚上我的那些温暖

2017.11.15

我那春夏秋冬思想

春天，我吹向远方的风
一阵比一阵强大
那是我的思想日益热烈
亲爱的，走过冬天
你出门在外遇上扑来的风
脚下虽然还有残雪冷冻
笑脸已是美艳怒放心花一朵

夏天，我头顶的灿烂闪电
根系形态的
长鞭挥舞的
道道光芒直达天边的
都是我的思想曝光
亲爱的，走在远方
你只要看见
回来，一路顺风，快马加鞭

秋天，我头顶的云朵
不是棉桃开放在天
是我的思想高高展现
亲爱的，我思想不在身边的你
头顶的云，日积月累
就下九月连连十八天雨
情丝，一天两天抽不完

冬天，屋外是寒冷大世界

屋内是暖洋洋小天地
亲爱的，回到我身边
给你一盆红彤彤的火
你给我敞开冰雪消融的春天

2017.11.17

容纳你，毫无顾忌

既然已经深入心里
有了美滋滋感觉
到了不舍不弃地步
容纳，就毫无顾忌

不管你是一粒黄沙
从天边流来
碰上阳光
头戴出彩光环
还是黄金，来自地心
透露深奥神秘
我依然不信
心生美妙风情的女子
会是世界怀揣的一个错

就算真是一粒黄沙
你来，只要高兴
我都要定
今生今世
包容在我疼爱之心
直至生命尽头
被剖开取走
你这颗晶莹剔透
光彩照人
照蓝天照太阳
永远不会干涸的泪滴

2019.11.16

为你举办一场盛大舞会

亲爱的，我以铺天盖地豪情

倾一生力量

为你举办一场盛大舞会

让你人生风光一回，就在今晚

我拦腰斩断一座高山

做你喜欢的舞台

伸手扯一片彩云

做你一身绚丽霓裳

买一次太阳月亮专用权

收购一道道闪电

做你舞台灯光

收购雷声风声鸟声流水声

做你舞蹈音响

再收购满天繁星

做你霓裳上吊坠

在你翩翩起舞的时候

霓裳缤纷飞扬

吊坠叮当响亮金光闪闪

届时，我邀请天女伴舞

你就舞蹈在台子中央

再邀请各路神仙来捧场

台下的高山当座椅

让他们就坐在高山顶上

面对你的翩翩起舞纷纷喝彩

2017.12.1

缘　分

比你大的男人恨出生太早

比你小的男人

恨出生太迟

年龄跟你差不多的男人

在渡口没遇上你

不是你朝前走远

就是他缩后一步

个个都有一串遗憾日子

挂在胸口，终生念念不忘

只有我招人羡慕

在准确的时间地点上船

上幸福船，跟你

双双渡爱河

面向太阳下彩蝶恋花的河岸

2017.12.1

错过她，遇上你

天涯何处无芳草，错过她，遇上你
是你弥合我心
破碎在伤心湖边的心

伤心湖伤透我的心
不等我掏出爱
骤然吹响的唢呐声里
她就像群星捧月捧走的水中月
不见跌倒在人群后边的我
噼里啪啦，心碎一地
东方日出我醒来
我躺在一个新的世界里
这就是你的怀抱，温温柔柔的

你是来自抚仙湖的少女
几十年过去，我老了
你的水色还是当初的水色
秋波还是碧玉盈盈含情
不得不叫我越来越疑心
你是不是抚仙湖里出来的仙女

2017.12.1

你我的爱情关系

你是滇之怀里抚仙湖
我是那个世纪唯一飞入湖心丹顶鹤

你的波涛是太阳蜜
闪亮金子一样的烂漫
叫我情不自禁
翩然起舞
你怒放的心花是浪花，烂漫无比

我感动极致
一个猛子扎进你心底
亲热你心灵

夜晚你我共做月亮梦
波光粼粼的梦里
你喃喃自语：亲爱的
好好恋在我怀里
你若飞走，我会是一汪泪滴

我不走，放心，我不走
下个世纪，下个世纪不离去
将来你做荷花
我做抚仙湖
滋养你的娇艳美容
让你开放在我心上
根，深深扎进我的灵魂

2017.12.1

爱你爱到你的大世界

亲爱的，日子来到今天，除了你
我还会热爱谁
我来立足巍山之上天峰之巅
不是突出自己高大
不是来观天下
是来大声告诉天下告诉你
我——爱——你
好让心声轰轰烈烈滚过万千峻岭
灌满万千深渊空谷
来一次江河一样回音，浩浩荡荡

天下大无边，美女多如云
千姿百态，万种风情
这个如花娇艳，那个如玉温润
这个，飘逸的朝霞
那个，流淌的碧溪
这个出彩如虹，那个漂亮如月
然而，日子来到今天
亲爱的，除了你，我还会热爱谁
我来立足巍山之上天峰之巅
是来大声告诉天下告诉你
心，原来在哪里，放回哪里去
我，只——爱——你
你不在身边，想的是你，只是你

男人欣赏美女是天性，从古至今

美是需要欣赏的，包括你

女人生来男人不想看

走过一生没有男人回头率

那是凄凉的

遇见美女我会偷偷瞄一眼

擦肩走过，会回头看

会一时片刻愣在惊艳里

但是，日子来到今天

亲爱的，除了你

我还会热爱谁

我来立足巍山之上天峰之巅

是来大声地告诉天下，告诉你

我，只——爱——你

你放心，欣赏美色不影响我爱你

别人欣赏你的婀娜，我

照样不介意不小气，不影响我爱你

我爱美之心除了欣赏美

不触及灵魂

目光碰目光，不会放电

不会撞出火花燃烧情的灵魂

朋友圈里的美女是朋友

亲如姐妹

聚，握手问好，大家客气

散，挥手言再见，无期

从前短信，现在微信

是节日祝福，友谊联系

是有事之时互相呼应给力

不像你，不像我

相聚是堆燃烧的火

离别有天大担心

通个电话，来个视频，发个微信
都是絮絮叨叨地弹一床合盖的棉絮

亲爱的，日子来到今天，除了你
我还会热爱谁
我来立足巍山之上天峰之巅
是来大声地告诉天下，告诉你
我，只——爱——你
爱你，我不仅爱到永远
还爱到你的大世界
你的父母、兄弟姐妹，侄儿侄女
你的朋友、亲戚的亲戚
你的零食，衣裙首饰
以及你爱不释手的花花草草
你喜欢的诗，你向往的远方大海

2017.12.1

我的病，只有你医得好

病了，病急了，告急，向你告急
从前，发了消息，还打电话
如今，发微信，发视频
视频见面，事情发展由不得你
泪流满面掩盖不了你窃喜
水汪汪两朵笑靥暴露一颗内心秘密

我的病，天下医生医不了
神仙来了，愁眉不展
给出的灵丹妙药，颗颗失灵

生什么病，只有你明白
远离你，会生的病不生才怪诞
别说不见一天一天又一天
就是一天一夜，也是六神无主
就是一个白天，人在花园
心，是戈壁滩上的心，不会芬芳
尽管如潮的鲜花娇艳欲滴
纷纷绽放六宫粉黛笑颜
就是一夜，人睡花团锦簇
心也是地窖里的心，不温馨
尽管花花绿绿迷倒神仙
唉，夜有多深，想念有多深
黎明前，想念已是铺天盖地无法收拾

想念铺天，繁星从心头溅起来

溅在天幕闪烁在天幕的高热想念
想念盖地，露珠冷落草地
亮着星眼反映不见不甘心想念

这样的病只有你瞧得着医得好
病了，病急了，告急，你来
你来，我精神来，脸上出太阳

你来，摸心口，摸心跳，下诊断
这病害的是一心一意相思病
我拽住你的手我倾诉
你来，病好；你走，病来
我的乖，一剂我离不开的灵丹妙药

2017.12.1

立冬篝火晚会

彩色广告覆盖彩色城区
不管你入流的
不入流的
扎单的
脱单比翼双飞的
合群的，从前
天马行空独来独往的
遇上风
就风情万种的
冷艳的
爱抛眼神的
斑鸠吃火亮虫的
想交男朋友女朋友的
广交朋友的
想露一手惹人注目的
想发泄一腔春风
狂飙诗情的
怕冷更怕静的
今夜愿意来
都热烈欢迎，全面包容

晚上城区有活动
海纳百川广场
举行立冬篝火晚会

大家来吧，大家来

围着篝火唱

围着篝火跳

唱个通宵达旦

跳个热火朝天

来谈情

来说爱

来凑热闹凑把火

燃烧冬天拉开的序幕

今夜篝火晚会

亲爱的，走

到海纳百川广场

去放纵自己流光溢彩

去凑两把火

爱的火

情的火

我们热热火火过冬

让霜、雪、流感

通统不敢再向我们靠拢

2017.11.3

亲爱的，你是谁疼爱的女儿

题记：设身处地二〇一三年十二月十五日晚那场霹雳闪电漫天大雪及次日风光——

昨夜，老天无意之中发现
一群叫云的女儿
有个疼爱的私奔不见
一下子两眼冒火
丢下体统
扯起寒冬极少动用的闪电
鞭打守门天神
骂骂咧咧地大发雷霆
无意摔碎一罐白银
泼洒天下一地
白花花的一个人间，顿然
像朵白花花盛大开放的玉莲

今早，风光美白，众人出门
踏破白花花一个世界
亲爱的，你打马一路当先
你穿一件红风衣最惹眼
在白花花世界燃烧热情火焰
老天再次惊慌失色
急忙派出太阳来收场
你扬鞭催马追赶那太阳
想留住一地白银子
白花花银子终归还是化成水

东一摊，西一摊

摊摊亮汪汪

太阳从东跑西从早忙到晚

天上那轮亏损的月亮

就是一罐没有回收足够的白银

今夜，亲爱的你总是说梦话

早晓得，老天是个小气鬼

这回，一罐子白银

摔都摔了，泼都泼了

又派出太阳匆匆忙忙抢回去

亲爱的，你是谁疼爱的女儿

那疼爱有多深，那疼爱有多深……

2017.11.4

小雪，我到达浪漫海岸

亲爱的，小雪之日
我到达浪漫海岸
远离越来越冷的冬天
走入最大特点
就是充满热情阳光
心疼你的我
不忙着逛椰林海湾礁岛
先贪婪地收，收
像刮金一样
一层一层从银滩刮起来
一心只想
回归之日，给你
倾倒阳光金山
彻底融化你心上积雪

亲爱的，原先说好的
这个冬季
我一天都不离开你
一身温暖全给你
让你温温暖暖地过冬
今天来到小雪节气
预算外的事
不给面子，毫不客气
扯起我高飞远行
让我一身温暖
离开你三千四千里

只留下节骨眼上的小雪

一片一片接一片

飞落你心上

让你承受不起

叫神不安宁的我

痛痛彻彻地心疼不已

亲爱的，亲爱的

小雪这日子

人到浪漫海岸银滩的我

拼命收取阳光

为你，一心一意为你

2017.11.5

把冬天过成一段醉美温暖时光

题记：来到十一月，城里的乡下的火爆喜事，从起潮的十月过来掀起高潮，直至翻过年的阳春三月还澎湃不息，整个冬天不容商量地被裹入一股热潮。记事以来，就是这样——

来到十一月，城里的乡下的

爱情美事

随风越吹越烈的激情

就从起潮的十月演绎到高潮

结婚十天半月的年轻人

刚刚结婚的年轻人

开始忙着结婚的年轻人

正在结婚的年轻人

白天黑夜哪会感觉冬的寒冷

都是热血沸腾热火朝天

大喜的日子，新郎热爱的新娘

穿洁白婚纱

个个都是盛大绽放的雪莲

这个开在酒店

那个开在农家大院

夜晚张灯结彩洞房花烛

了断相思苦尽甘来的新郎新娘

一个点燃一个激情

痛痛快快地燃烧冬的夜晚

这像当年，我和亲爱的那个样

来到十一月，城里的乡下的

结籽的爱情

经历九月十月秋风

吹来吹去热情

成熟得非常辉煌烂漫

到了豆荚炸开

响成一串噼里啪啦爆竹声

以及人气沸腾、芬芳的堂场

一对对年轻美丽的新人

在一个个吉祥日子

一个个美丽温馨地方

喝下醉美的一杯杯云南红

结成醉美温暖

这正像当年，我和亲爱的

把冬天过成醉美一段温暖时光

2019.10.19

赶在入冬前做好

走进农历九月，天
明目张胆地翻脸
由热到冷，每下一场雨
温度就断崖下掉
人们就多包裹一件衣裳

冬，在一步一步逼近
风声，越来越紧
推开夜的大门，寒露
已曝光一地，打寒战的我
赶紧放下千事，万事
谢绝一切凡尘纷扰
赶在入冬前做好，做暖
让冬至到来的妹妹避免风寒

就像妹妹赶织新毛衣
我穿上，抵御一冬寒冷

2019.10.19

给乡下妹妹送床棉被去

今天起身去看乡下的妹妹
亲爱的，没时间再等你
电话里，你黏人
我忍忍心不理你
嘟，嘟，嘟……先把忙音留给你

今天我的日子我主宰
也是老天巧安排
你不在我身边
我就属于乡下妹妹的
爱就是乡下妹妹的
今天我一人爽爽快快去
你千万别生气
等我回来，我再抚慰你

乡下妹妹我没福气经常见
亲爱的，算算，每过一百天
九十九天陪伴你
乡下的妹妹和我同胞生
长大不能和我在一起
亲爱的，晚上你我是互相取暖的

过了寒露是霜降
现在的夜晚一夜比一夜冷
亲爱的，你的心我掌握
我从来不怕你

我的心，你掌握
晚上回来就会坦白的
冬天快要到来了
我给乡下妹妹送床棉被去

2019.10.19

一身热量，温暖你整个寒冬

亲爱的，别怪我姗姗来迟
实话实说告诉你
我是天天入梦陪伴你
白天熬着白开水时光过
晚上，老天合眼就入睡
想赶快入梦见到盼望的你

梦中见你酣睡的甜模样
越看越爱看
情到不能自已时
就吻你白里透红的脸
偷看你的心
偷听你梦语
看你那些深深的爱
听你说给我的那些心里话

亲爱的，霜降到来的日子
翻白眼的冷色开始涂抹大地
今天我来就不离开了
我用我的一身热量
来温暖你整个寒冬，亲爱的

2019.10.19

给你做燃烧冬天的一把火

亲爱的，才到下霜

滇西的一些树就性急起来

怕身边树木寒冷

心跳脸红地引火烧身

把绿叶烧成红叶

哗哗啦啦地闪闪烁烁

把自己烧成一团燃烧冬天的火

让身边树木温暖过冬

把自己的绿叶全部燃烧干净

直至剩下一身傲骨

顶天立地，笑傲寒冬

到了寒冬败退

不死的灵魂再次青春焕发

盛开一扇扇遮天蔽日的绿荫

亲爱的，来到冬天

你冷，就靠近我

我给你燃烧冬天一把火

像滇西的一些树

冬天燃烧自己

让身边伴侣温温暖暖过冬

2017.11.9

心　事

心井里泡湿的一些事是心事
件件提得起来放不下去
只有太阴的夜里总是晾不干
往往要熬到天亮见到太阳见到你

心井泡湿的事件件是你的
不是你投放的
就是我一件一件收了放着的
提起任何一件都会想起你
不是想你对我的好
就是想你让我心疼不已的一些事

2017.11.9

迟开的花朵

我不来，你决不开放
三生有缘等一回
我是你苦苦等待的人

我不来，你的闺蜜开花
你嘟噜着小嘴你忍耐
从一个个寂寞日子走过来

千花万花凋谢我来了
你张口一笑，灿然开放
不在乎闺蜜已经儿孙满堂

2017.11.9

谁给解开一条扎着嘴的口袋

亲爱的，告诉我，你我过来四十年

谁解开一条扎着嘴的口袋

向大家一个劲地抖

给我们抖出万千丰富多彩世界

想吃顿饱饭，想吃顿满嘴冒油的肉

想着想着就吃到，还常常吃

吃着吃着还挑肥拣瘦

想穿一套漂亮衣服

想着想着就穿上

还不只过年过节走亲串戚穿，天天穿

还告别了补丁盖补丁的黄历

想有自己的房子

想着想着就有，还是宽敞洋房

想当初你爹反对你嫁我

说我家，一个石头冲进去

连个尿土锅冲不着

想先烈理想，楼上楼下电灯电话

想着想着就有，还有电视电脑

还更新换代快，越来越高档

想上大学，想着想着就上

大学林立，雨后春笋

想道路越走越宽广路面越好走

想着想着就在眼前

柏油路，高速路，高铁路

连从来不敢想的私人小汽车也有了

没有见过的动车也开来了，也坐上了

亲爱的，请你告诉我，这个四十年
谁给解开一条扎着嘴的口袋

2018.11.17

情人湖里最美的珍珠项链

天下有个这样的湖，我在其中
它在我心中
世人长大都来游弋这个湖
只是，许许多多人
人在其中，从来不知其
不是沉迷，就是糊涂
至老，至死都没一个激灵感悟

这湖是汪迷魂汤，芳名情人湖
湖，很大，大到无边
湖，很深，深得没底
它跟人类同时有
有人，就有湖；人在，湖就在

亲爱的，你我一见钟情日
你情不自禁
我情不自禁
不想前因后果，不顾以往将来
就着上来的勇气，投湖游弋

世上痴情人，谁不在情人湖
亲爱的，你我
游到天涯海角开放并蒂莲
心甘情愿
叫这面嫦娥的梳妆镜多个看点
并蒂莲花开在嫦娥笑脸前

亲爱的，今天
一见钟情纪念日
这首诗，这首
我从内心捧来给你的诗
就是情人湖里最美的珍珠项链

2017.11.22

这个样子，就是你不嫌弃我

亲爱的，我的头发全白了
你心里比谁都明白
还是三十八岁不满的事情
那年你我一脚踏进城里
眨眨眼就是满城风雨
跟我岁数大小一两岁的同事
左一声叔叔喊我
右一声还是叔叔喊我
二十多岁的年轻人
更是高高抬举
爷爷，爷爷，歇一边去
这些扫地抹桌子的事
有我们做孙子的
岁数比我大的更有好奇心
总是这样问来问去
老哥，明后年该退休吧
老哥，真有关系
这大一把年纪
还调上城来，还来当头
不简单啊，不简单
说着，还拍拍我的肩膀
满脸都是感慨不已
亲爱的，那年那些年
你在医院更不是个滋味
我出现在你身边
总有小护士小医生问

这男人是不是你爹

这男人是不是你爷爷

你老谱实气告诉人

总是惹起大惊小怪雷鸣

天哪，你年纪轻轻

漂漂亮亮大美女

咋嫁这么一个老头

是不是看他是个当官的

唉，我的妈呀

怪不得，怪不得

从乡下调进我们医院来

更有心怀不轨者

挑拨离间你，挖苦你

说一朵鲜花插在牛屎上……

亲爱的，你人美心地美

那年那场风雨因为我

还像九月连连十八天风和雨

风雨中，你不嫌弃我

有时间出出进进

总是紧紧相依，亲亲密密

那场风雨走过十八天

晴了，风过云散

晴于报刊广播电视

我的头发白，天下大白

当个好的基层领导，不容易

2018.11.17

568

你我的爱情，你有最确切比喻

从你我确定关系那天起
到现在，直至将来
你说，你就是一汪海
我是耸立海中的岛
独一无二的岛
像根定海神针一样稳定
稳定不兴风作浪心魂

岛上有植物，不是树不是草
是打开怀心日日红月月红
你说，你就是那花
不是树，不是草
永远也不做树做草
只做我的红顶子，不做绿帽子
说到花朵你又说
做花就做四季开放的花
勾引蜜蜂的魂
也勾引蝴蝶的魄，你说
我是蜜蜂，你给我满足甜蜜
做你花蕊宫殿里贪花王
蝴蝶嘛，勾引来渲染爱情

你说，我俩就是这样的爱情
不管看风景的人说东道西
西边的人爱看岛上日出
说这汪海红光满面

海心一夜有岛有太阳光影
东边的人爱看日落岛上
说这汪海红光满面
海心已经有岛有太阳入梦隐情

2018.11.26

还好，那年在小地方遇上你

上大理、昆明、重庆

深圳、上海、北京走走

见到了许许多多美女

城市越大美女越多

别说大商场美女如潮

大街上川流不息，就连美食天街

迎接的，端盘子的

找着一种种美食来到的

都是俏的俊的秀气的

端庄的大方的

叫小地方进城的男人

忘记了回家时日

也叫大有发现的人如梦初醒

怪不得乡下今非昔比

乡下已经没有太多美女

别说乡下，县城也少

不再是鲜花遍地

别说美少女美少妇少见

帅哥子弟也少见

不再是青松一岭连一岭

她们和他们哪里去了

城市大门敞开的日子里

她们和他们转移了

放下田，放下地

放下锄头镰刀，放下扁担

进城读书，进城工作
文凭高的蹲机关当白领
文凭低的胆子大
开铺子租摊位卖服装
没有文凭不想洗碗上工地
留在乡下的只有老人
只有梦里找爹妈的孩童
只有早年工作你我
继续在乡镇在县城工作生活

还好，当初你没有走远
让走不到大地方的我
在小小地方遇上你
那时你是美得出色的少女

2018.11.26

听她讲一个北方闺蜜的故事

困不住，翻过身就睡着了
再翻身醒来
不见梦中的你
忙打开微信
仿佛见白日忙坏的你还在睡着
鼻翼有辛苦发酵出来的甜蜜气息

不敢惊动你，也不忍心叫你醒
你醒来就不多躺一会儿
就是不依不饶自己
不是拼命修炼自己成精
就是拼命去抓银子
你要用自己青春的血
喂养自己的女儿
喂养南方的家，喂养北方的家
北方有伯父有伯母
苍天眼里经不起风霜的草
需要你春风春阳春雨
每周两次电话一回视频
每月一些钱银
你心甘情愿拼命奋发
你心甘情愿喂养伯父伯母
只因为生来命苦
你从来不想要红烛蛋糕
以及生日快乐歌唱
因为你的生日是母亲受难日

北风那个吹，雪花那个飘

母亲滴落的血

开成你生命雪原上红梅

你出生的第三天

父亲把你抱进伯父伯母怀窝

在你还在睡着的时候

不搞出任何动静

就是对你最大的关心

你睡觉，要静

因为你历来是一半睡着一半醒

2018.11.26

金庸江湖金庸功夫影响

亲爱的，二十世纪八十年代

大陆八面来风

金庸武侠大作走进大陆

年轻年少人好奇

都跑进金庸布下的江湖

有人出来，魂没有一同出来

魂在江湖深处作祟

操纵回来的走肉

练打狗棍，练刀剑

练脚练拳练掌，练古怪功夫

练飞檐走壁直上楼房

百丈悬崖，或飞来飞去

练了白天，还练晚上

起五更睡半夜，黑白颠倒

结果武功轻功不上身

掌推出去，脚踢出去

不起风，这也空空，那也空空

有的人出来，带着魂出来

开始走金庸的套路

写从未超越金庸的武侠小说

你我游过金庸布下的江湖

其中《天龙八部》

给大理披上神秘面纱

你我去金庸布下的江湖

跟明智人一样明智

卸下疲惫，直取侠肝义胆

跟爱恨情仇打个照面

就回现实中苦练生活功夫

你我跟明白人一样

金庸武侠小说的武侠功夫

是金庸江湖金庸功夫

其实，金庸也没武功轻功

金庸只有联想功夫

如果咱们真有金庸创作功夫

抗日，何须十四年

跳高，跳远，赛跑，拳击，举重……

冠军何不是咱们武功轻功人

亲爱的，金庸布下的江湖

当初你我人和灵魂进得去出得来

才有现在一个个饱满日子

2018.11.26

我的诗里有着养眼养心的水

别说许多诗许多句

就是其中一首诗一个句子

都有养眼养心的水

你来，你进去

会遇上润眼润心润肺

润整个身心的水

水水的一缕山间清碧溪

水水的一汪湖泊

水水的一条大河一条大江

水水的一片汪洋

哪怕是一个诗的字眼

也会流出一滴滴水

滚落在草尖上叶面上花蕊里

是颗晶莹的露珠望着你

也许你读了会戳气会骂我

骂我专门骗人忽悠人

说，读了，读了

从头一二，只见女人

没见什么水

我会笑眯眯地提醒你

女人就是水

不是都说女人就是水做的

不是都说美女养眼……

遇上一个是遇上清碧溪

遇上一个个一群群

是遇上江河湖泊，遇上汪洋

2018.11.29

十二月：

穿越第十二个月的情思

窗外的美景没有你美丽

窗外的景很美丽
也没有窗内的你美丽
窗外的景是人工打造的
窗内的你是天生的

窗外是个街心花园
立足中心的美女是石雕的
对谁都是千篇一律表情
谁想领她回家
来千回百转，她也不领情
陪衬她的花草树丛
只是春暖花开盛夏繁荣
夜晚，给她灯光她灿烂
不给，就是冷得僵硬黑影

窗内是个温馨世界
居住在里边你
是生命世界里的美丽之一
不加修饰，体现水灵
只要爱情感动你
就是风生水起的秋波韵律
不加形容，绽放鲜艳
只要爱情感动你
就是花开生香的烂漫春意
如花的容颜胜过花朵
风华正茂，鲜艳容颜

春夏秋冬都不会凋谢的

在我眼里心里这样美的你
今天向我敞开爱情
就是鲜花敞开花蕊精彩神秘

2017.12.1

爱情秘籍……

我的爱情秘籍，你常问，常听
总是很有用心
那些没有网络的年头
为什么总是相遇在风雨交加里
我告诉你，不是巧遇
是我有意实施的一个百年大计

我有情有义守在路边等候你
让你在关键时刻碰见我
红伞打到你头顶
你就步步见识我
是个多么值得的相依
叫你一次次在爱的旋涡越陷越深
直至五雷轰顶，也嫁给我

没有电视没有娱乐场所那些年
为什么你屋外总有绵绵笛声
我告诉你，不是天籁之音
是心灵的倾诉
让情窦初开的你听到一个人思念
叫爱的情潜入你心
直至上瘾，天一黑，你就想听
听不到笛声的一夜半夜
就开门出来到处摸黑寻找音魂

婚后这些如胶似漆的日子

为什么总是说些贴心话
我轻轻咬住你的耳朵告诉你
那是爱情保温秘籍
哪怕寒冬遇上离别一天两天的事
只要你想着我的句句贴心话
摸着我件件贴心事
天气再冷，你也不会冰冻心

2018.12.2

男人的心，是给女人来拴的

亲爱的，现在的我

早已彻底改变过去主意

有你之前，下过决心

背井离乡，远走高飞

学习从前一条身影闯天下英雄

随时豪气冲天

嘿，哪里水土不养人

走过岁月的拐角遇上你

日子一过就到今天

出走的念头早已偃旗息鼓

昆明、上海、南京

厦门、珠海、深圳

八人大轿来抬，我也不去

亲爱的，从前的我

人小心大，壮志凌云

夜夜入梦，都是展翅飞翔

飞，飞……飞翔高天

遇上你的日子你收住我的心

你那眉笑颜开的一汪春水涟漪

那叫人滋润不已的神韵

改变了我浪迹天涯的走向

好好厮守你，疼爱你

日子从依依不舍之中走过来

来到今天明白一条大道理

女人，是给男人疼爱的

男人的心，是给女人来拴的

2017.12.4

放不下的，是给你写情诗

亲爱的，手里捧着的江

千条万条

叫我放下哪条就放下哪条

叫我条条放下

就条条放下

手里捧着的山千座万座

叫我放下哪座

就放下哪座

叫我全部放下就放下

放不下的唯一事

给你写情诗

亲爱的，你知我知

情诗关系你我，你病我会病

你身上疼，我心就疼

你病好，我心病就好

你千万病不得

你一病倒，完好的一切

就突然乱七八糟

慌乱的我，摊开一双手

多少精灵一样的诗不见了

2018.12.4

那一眼，你力量大到叫我缴械

老子英雄，儿有铮铮铁骨

三年饥荒，皮包的骨头

没有垮，没有倒

吃下树皮草根撑过来

狼一次次尾随而来

也没敢下嘴叼走

七八岁一次次独立高山顶上

守一张手推车

没有被树林里蹿出来的风吓哭

十岁上山砍柴跑过三十里

听见批判县委书记

如雷贯耳

去看看那么大的官也挨斗

是回什么事

又跟大人跑六十六里进城

当天跑过百里没趴下

清理阶级队伍打过鬼子的老子

交代问题

天不怕地不怕

只怕失去老子的十一岁

夜夜伴随

从来不躲避

十二三岁挑七八十公斤

十四五岁挑百多公斤

在生产队不是神话

十七八岁二十多岁要长大

多少围追堵截

控制不住

长大跳过一口口陷阱

闯过病魔多次袭击

三个月叫写出三十万字的书

再征稿编印出十几万字

大山压来没喘不出气

还抖抖精神

在拓荒中一次次前进

不在刁难嫉妒打击中撤退

这样走来的男人

也跟老子一样英雄

亲爱的亲爱的

却缴械在你第一眼里

二话不说就跟你走

走得轻松愉快

你投送的第一眼不得了

那温柔的光

扫除了一身风尘一身霜雪

2018.12.6

我来，我是龙的传人

离岸不远的辽阔海上
座座娇美小岛，龙王的女儿
见我远道而来抛头露面
出现在琼浆玉液海域
玉树临风一样
欢迎我走进她们中间
如此受宠
我顷刻有些诚惶诚恐惊慌

龙王女儿多，成百上千
在我开放视野里
千娇百媚风情万种
我一不留心
进入一个爱的包围圈
她们眉目传情
我全身上下灿烂阳光
身边闪亮闪亮波光
全是她们穷追不舍的眼神

我不敢贪恋
不敢回报依恋不舍一眼
匆匆告退
我赠送她们内心坦言
别恋我，别穷追不舍
我已经有爱人

我的爱人我的心上人

如果来了不比你们逊色

你们是龙王的女儿

我是龙的传人

我来，就想看你们一眼

绝不有心带走你们其中的谁

2017.12.6

这个月，多送一些阳光去

十二月，亲爱的
不管阳历的，阴历的
每逢这月
再忙，也以高压态势
挤出一些时间
抓着早晚跑
多跑近一些年老亲人
给他们多送些阳光
让他们在温暖里安全过冬
走出十二月
再次回到春天去

亲爱的，每逢十二月
千万别大意
别以为年终太忙
等忙过再去
先让他们自己烤太阳取暖
他们体谅我们的
如果这样想
意外发生，跺脚后悔
就来不及来不及

亲爱的，每逢十二月
阳历的，阴历的
太阳都不咋热
方言说太阳温暾温暾的

年老的一些亲人
烤温暾太阳是过不去的
稍不注意
就留在这月
叫人回想就戳心就掉泪

亲爱的，十二月阳光
寒气重，大雪来
如成群雪狐奔腾过来
后有小寒大寒
雪中太阳雪中燃烧的炭
在远方，只是一粒
关照过来的光
来路遥远
经过一片冰天雪地
温暖所剩无几
气温掉下来，掉到零的底线
还常常落到零下去

亲爱的，十二月
光靠太阳关照年老亲人
说不行就是不行
在一个个年老亲人心上
只有我们最亲热
是年轻太阳
是他们望靠的需要
我们多多去关照
就是温暖太阳
多多跑去送些温暖阳光

2019.12.10

大雪节气来临前的头一天

车轮滚动的日子
还没滚落明天大雪节气
天上的太阳
就被靠近的节气泼透冷水
叫天下背风地方
阳光温温暾暾，热力不足
清凉多得遍地
有风地方
透露太阳喘息的阳光
道道都是寒气寒飕飕刀剑
刮人骨，刺人心

这个日子，我想亲爱的
你人在远方
我发送热腾腾的话
暖暖你受寒的心
再做好百分之百准备
烧好热水，烧好饭
热好床，等你，等着你

明天的日子不用说
不准你出门
不怕滚进大雪节气的日子
真下大雪
真来冰天雪地
明天，点燃一炉红炭

你我面对面向火

温酒，读诗

吃花生米，吃炖羊肉

想睡，就钻被窝

把日子搞成热火朝天

2018.12.9

千万不要忘记那个人

亲爱的，告诉我们的子孙
千万不要忘记那个人
告诉子孙，一代告诉一代
忘记什么都可以
就是千万不要忘记那个人

他出生在一年最冷的日月
十二月二十六日
他面向的北方
千里冰封，万里雪飘
凄美，一张失血贫血的脸
望着多苍白就多苍白
他身下的南方也是万里霜天
可他一身热血一副热心肠
暖南方，暖北方
跟随他的有一家亲人
有一党热血之人
南方北方，整块大地
不下雪，不结冰
就是个寒冷烂泥塘
动乱着一团挣扎声，呼救声
噼噼啪啪鞭打声
外来的践踏声，砍杀声
他带领一党热血之人
首先勇跃腾起
把一个民族拉出泥塘

站立在温暖起来的大地
万众欢庆的日子
我们的父辈，还有我们
喊过他救星，喊过他万岁
他喊过人民万岁
都是情不自禁，出自内心
都是点点滴滴热泪
他离开的日月在九月九日
留下遍地稻浪
还有众多水库工厂
治理过的江河
还有一支打败强敌的队伍
一个挺直腰杆民族
和始终敢说硬话的"两弹一星"

亲爱的，你我告诉子孙
千万千万热爱他
告诉子孙，一代告诉一代
你我的父辈是他的追随
拯救民族，白手起家
你我生长，他关怀
爱他，要世世代代热爱
遗像，被抹黑要洗白
有灰尘要弹去，要弹干净

2018.12.10

等我回到面前来……

呵呵，越来越近了
痒起来的手
越来越痒，等着你

亲爱的，见了回信
我，不恼火
不会不寒而栗
反而偷着乐
满脸挂不住的笑
流淌着蜜
是心头洋溢出来的

你就是这样一个人
我亲爱的
调皮，幽默，风趣
从来不改猴脾气
很多时候
不放我单飞远行
每次远行回来
就揪耳朵扭嘴巴
砸雨点一样拳头
发泄惦念积蓄的恨

说出来，亲们友们
别为我担心
一个愿打，一个愿挨

况且刑罚不受罪

我亲爱的

莲花指，棉花拳

温柔和气，触及灵魂

会消融一路风寒

不会抓铁有痕

只会激发疼爱烈性

2017.12.11

这辈子，你是开在我心上的花

来我心上落地生根开花
不是谁都可以
叫我见了就情不自禁
打开心门迎接入户
品相养眼
和风一吹活泼有趣
骨子透露不浓不淡温馨
必须的
带刺的不要，即使是玫瑰
倾国倾城不要
即使是国色天香牡丹

亲爱的，这辈子
叫我，一见倾心一见着迷
在心上落地生根开花
走遍天地是你
是我万里挑一留下的
你符合我的需要
你会抓住我的心我的魂
哎哟一声
都会叫我心疼惊魂
叫我放下千山万水呵护你

亲爱的，你在我心上
可以尽情开放
是幸福的，尽管你守口如瓶

只暗暗窃喜

我也心知肚明

你扎进我心底的根须

千条万条每一条

跟我已经神经连神经

你可以艳丽十足

我心血丰沛，活力十足

也不必担心

闪电雷霆狂风暴雨

只要记着，你在我心上

冬天外界百花凋谢

你依然开个毫无顾忌

我的心苞里面

照样是温暖如春

你每条根须

可以随时触及温情心语

2018.12.13

这辈子，我只有该来的你

这辈子，很幸运，亲爱的
该来的你，来了
在我风华正茂的一个春天
不该来的，不是来得早
就是来得迟
来得早的小女子
瓜子脸，樱桃小嘴大眼睛
穿左襟衣裳
缅裆裤、绣花小鞋
长辫及腰，头戴金钗
骑一匹白龙马
走一条古道，迎着西风
穿越遍野阳光
过小桥，深夜落脚流水边人家
马灯亮，铃铛响
还没出世的我
包裹在一团黑暗深处
看不见，听不着
来得迟的一个个大姑娘
小妮子，小妖精
不是紧赶慢走在遥远世界
就是在途中景点贪玩
或是等挣钱攒钱
去韩国整本来就美的容貌
等她们到来那一天
亲爱的你，开口笑笑

我风化的血肉
已是原野风动的草
任凭长发飘飘长裙飘飘美人
打电话发微信联系
上百度搜索搜索查找查找

2018.12.13

冬天的世界，摆着两种情况

你我眼里，冬天的这个世界

明摆两种相反情况

有些地方，风凉阳光下

吃饱穿暖的人们

照样活跃，照样热闹非凡

逛街，跳广场舞

全是喜洋洋暖洋洋景象

有些地方天寒心寒

风吹地上跌跌撞撞跑着

有时聚有时散

有枯黄有灰暗的树叶

完全体现逃避不脱的死亡

完全是苍天撒的纸钱

枯黄是没有光鲜色彩黄纸钱

灰暗是没有血色白纸钱

树叶落下低凹处

掩埋死了的老牛老马

有寒鸦飞向身无分文的大树

几声哀鸣惊破半天寂静

走好，一路走好

道路尽头就是瑶池天堂

回头循声望过去

走来一支队伍

披麻戴孝，有啼哭

有男儿时不时卧倒在地

喊：娘，我背您过桥

让黑压压一道阴影从上面通过

老牛老马难过冬

贫寒地区有的老人难过冬

医院也有病人难过冬

不分年龄男女

昨天送出来一个

今天送出来一个，明天，明天

闯不过明天的老人病人

跨不过年三十门槛

明天不要下大雪

不要一些地方面色太苍白

亲爱的，冬天，苍白的地方

你我再暖再暖的心

也焐不热眼睛翻白冷月

还想起那年冬天里的爹娘

2018.12.15

爱的回报

只因你太美，太喜欢你
得到你的当初
心口惊喜直冲霄汉
仰望，喷泉一样
俯瞰，就是瀑布从天而降
心潭的感情活蹦乱跳

日复一日
都不知道如何爱你最好
含在嘴里，怕化
捏在手里
小心翼翼，怕
捏紧了会碎，会窒息
放松了会飞离

每夜都梳理白天一言一行
瞧哪些恰到好处
哪些爱不到位
哪些还缺热情
直至我累了病倒了
才顾不上你
才放下沉重的心
才在躺着的日子
看不离不弃的你
才在落泪是金的光芒
看见你心里的我
是你至尊至爱的生命

2017.12.16

心中有光，就会放射光芒

亲爱的，朋友圈里晒作品

有人点赞，有人不点

这是正常现象

看透，心律心态正常

点赞，添光加彩

朋友加油鼓劲，一路相伴

不点赞，点错撤销的

也无妨，别去想

世间的事，看通透一点

萝卜白菜各有喜爱

何况有人根本不是一路人

是你看人看走眼

是你添加之错

人家虽然通过验证

是不愿撕破脸面

有的，睁大一双势利眼

不看作品，看颜值

看价值，看几斤几两

有的人，心就那样

不愿你超越，生怕你超越

怕，怕给你一点

你就光芒万丈，他暗淡

有的时不时冒泡

冒一冒就走，从来不点赞

有的从早到晚都忙

忙得小跑不行

还得汗淋淋大跑

根本忙不过来逛朋友圈

有的是个活菩萨

日理万机不说

还面对四面八方请求

做不到有求必应

就不到火候不给点赞

有的自以为是

俯瞰世界，只愿享受香火

亲爱的，朋友点不点赞

无所谓，都无妨

只要心中有光

文字有光

走到哪里，过到哪天

都放射光芒

怕只怕心上无光

文字暗淡

赞，点满屏幕

也不完全就是满天星光

2019.12.16

在那个世界里，我不是凡人

就算你在千山万水那边

想你，就动身

站起来，双脚一提

展开的双臂就是一对翅膀

就扇，就飞，就滑翔

逢山，腾云驾雾

多少高山，多少江湖

多少城市村寨

都在俯瞰的视野里开阔

像行空的天马

远离眼下山间毒蛇

荒郊吃人豺狼抢人强盗

大江大河滔滔汹涌的恶浪

路过山间抚仙湖

水汪汪地迷人

就双脚噼里啪啦踩水飞行

体现蜻蜓点水轻灵

从来不担心落水问题

有时，遇上戳眼睛的巉岩

只要兴趣一来

就趁着兴头，抓来搓碎

刹那间，伸出的手

巴掌无比大，力气无比大

2019.1.3

那个世界之外，我是凡夫俗子

在那个世界里，有神功
体会过天大本事
初恋时候，就有，就威风过
比遇见金庸的侠客早
功夫跟侠客一样
偶然超越，直达如来功底

那个世界之外，你我服从命运
不能时时黏在一起
你上班，我上班
为上有老下有小中间是你我
养命挣钱燃烧青春
忙中抽身来看你
你忙，忙不赢抬起天地眼皮
埋头写急等的东西
想得火烧火燎你进门
收收东西，转身匆匆离去
不是下乡，开会
就是回娘家，或看舅姨
样子，火烧眉毛
春夏秋冬年复一年
我忙挣养命钱忙经营爱情
十足一个凡夫俗子
全身的细胞生长着七情六欲
那个世界是梦的神奇世界
梦外的金庸忙动笔

动动手，梦落纸上江湖

侠客那些轻功武功

许多就是他做梦首先梦的

2019.1.3

在那个世界不怕大雨大雪

从中跑来见你

不怕风，不怕大雨大雪

有风，顺风飞

有大雨，痛快淋漓

从来不会淋湿

有大雪，从雪山上空飞

不感觉寒冷

面对一堵冲天银光

不等抖落带牵的絮絮缕缕云雾

赶紧眨眼眨眼

把壮观雪景拍照在心

见你，洗印给你

你见，你惊艳

哇，好一只雪山飞狐

扑上来，毫不掩盖满脸惊喜

2019.1.3

有梦比没梦多一个世界

打盹入眠，没有梦
生活缺少一个神奇世界
只有醒着一个世界
入眠两眼摸黑
什么都没感觉，都认不得
是离开世界一种状态
入眠前的世界
只有觉醒才明白过来
打盹入眠，有梦
有脑筋活跃着
生活就多一个世界
就比没梦多一个梦的世界

2019.1.3

有梦比没梦多一种幸福

打盹入眠，有梦比没有梦
就多一种人生幸福
做梦毕竟噩梦少
做梦的人做到的美梦多
梦中没有疼痛
没有烦恼，没有饥寒
很多时候随心所欲
都是如愿多多
梦见吃到想吃的东西
穿到想穿的衣服
住到想住的漂亮房屋
去没去过的好地方
见到想见的人
梦见好大岁数没找媳妇
找，就有美妙入怀
就轰轰烈烈娶媳妇入洞房

有梦男人常常做梦娶媳妇
我不例外不排除
偶然做一次，幸福一回
只是，做着做着想起
媳妇早就有了，女儿早有了
都是一直心爱着
么么呀，一身冷汗出来
忘了忘了，完了完了
咋就寻欢作乐

犯这错误，罪过罪过
打个激灵醒来，赶紧坦白
亲爱的一笑解千愁
梦见没媳妇找媳妇娶媳妇
没错，没罪过
总不能耍一条光棍纵横江湖
结果感觉幸福甜蜜不过

2019.1.3

做梦的跟不做梦的不一样

不做梦的生活一百年
仅仅是醒着一百年
做梦的，醒着生活一百年
还有梦的生活一百年

亲爱的，我是一个做梦人
白天眯一会儿有梦
晚上睡一夜有一夜的梦
梦中见你的时候
比醒着见你时候多
入梦都会梦见你
眯一会儿梦见你一会儿
睡一夜，梦见你一夜
从恋爱到现在年年继续

醒时不能时时在一起
入梦，想在一起在一起
想拾开摆开生活
就拾开摆开舒畅生活

亲爱的，我是幸福男子汉
醒着和你生活一百年
梦中和你生活一百年
两眼拉黑天空就做梦
填充白天不在一起的饥饿

2019.1.3

你的像，我放在贴心的地方

题记：过去，年轻男人，喜欢把漂亮女朋友漂亮爱妻照片放在钱包内透明塑料夹层里，打开钱包就见；用心的则包藏红布或红绸子里，揣在胸口内包里，想念就摸出来打开看。

亲爱的，你不在我身边
两天三天一天半天
我就想你
就启动应急预案
摸，摸出怀揣的你看看
你的像放贴心地方
我的心跳你摸过
不在我身边的你
会感觉我跳动激烈的思想

亲爱的，我人在你相片在
淋雨，我是高山也弯腰
也会双手捂住心口
相片贴心的地方
相片上的你，贴着我的心
我不怕淋湿头，淋湿腰
最怕淋湿天天和我贴心的你
你第一次照出来的像
带着情窦初开梦想
那年，你把你的相片给我
出手和我私定终身
这是我苦苦追求的定情物

我用最美方法小心翼翼收藏
天天放在我最贴心地方

亲爱的，你是我的人
我是你的人，你不在我身边
想你想急了，我就摸出来
打开一层层红绸布
看你如花的笑脸，水水的凤眼

2017.12.17

为你的美，我一直自豪着

跟群芳一样，你貌美如花

花一样女人

行走少女少妇青春路段

出一个月亮湾

亮相，是漂亮，上一个太阳岛

亮相，是明媚灿烂

出现在哪里

都是男人眼里的春天

你十八九岁二十岁……

是花蕾，红嘟嘟含苞

是男人，都想打开

二十四岁一夜，张灯结彩

是绽放的鲜花

采蜜一样的我，欢喜入住成家

做姑娘当媳妇这些年来

数九寒天大雪纷飞

你穿常换常新的大毛领羽绒服

都是我买，颜色你定

种种红色你都爱

火红、殷红、玫瑰红……

大毛领，白里透些金黄的

毛儿旺盛茂密的

带帽披在肩上

遇上风雪，你往上一拉

就是只露桃红笑脸的帽子一顶

遇见你的男人
心跳动在春暖花开的春天跟前
你走远，远至天边
红梅还开在人家心上
热火还燃烧在人家胸膛

亲爱的，青春岁月你风光好
男人们喜欢看你
哭着的婴儿见你就笑
幼小姑娘见你就黏
我知道，我高兴
美，生来给人看，给人喜欢
我知道，我在你心中央
自豪的我，一直自豪
我自豪，我天天生活在春天

2019.12.28

来世成人成家之前的你

题记：看透这首诗，会看到你成人成家前婴儿时、幼儿时、少儿时及青年时的影子

如果世人真有前世来生
儿女真是前世小情人
那么世界就没最痛苦的分离
这，我一千万个愿意
那么今生我万里挑一挑的你
来世又是我女儿
那么今世女儿与生俱来
就是你来世鲜活再现
女婴，幼女，少女
今生相识相爱前的春风撒娇
点点细雨的娇娇滴滴
虽说我今生没有目睹过
跟今生今世女儿八九不离十

你来世乐翻我们一片天地
三个月会翻身滚下床
红扑扑笑脸会眨黑亮亮眼睛
六个月会坐起来鬼起来
不再是谁哄都笑谁抱都要
九个月会爬会咿呀咿呀
十个月十一个月站起来想走
周岁抓周会抓百元大钞
抓笔抓手机大模大样翻书……

翻起亲人一汪开心春潮
走出周岁走出人生第一步
有一就有接二连三
跌跌撞撞，还爱登高向上
在家开始爱翻箱倒柜
像在找前世留下宝贝东西
像是盘点自己的财产……
这间那间房子，鞋袜衣帽遍地

一岁零两三个月四个月会跑
会喊爸喊妈喊爷喊奶喊姨
嘴嘴天天抹了甜蜜
会开电视机爱看动画片
会听着音乐手舞足蹈
一岁零七八个月会讨人欢心
问妮妮衣服脏了谁洗
你忙说妮妮洗，声音很轻
爸爸衣裳脏了谁洗
你说妮妮爱洗，声音很亲
妈妈衣裳妮妮给洗
你说妮妮不洗，声音诡秘
爸爸妈妈老了谁来养
你说妮妮养，声音很甜
你越来越乖巧，是个小人精
领布娃娃捣鼓手机玩电脑
吃梨吃苹果吃任何东西
先给爸爸妈妈爷爷奶奶再自己……

两岁你摇身一变升级小妖精
会走路偏不走，不抱不背
就上我肩头，骑我脖子

一路架着扛着走，高高在上
草坪上我拗不过你
给你当马骑，你扬扬得意
路过水果摊子你小嘴甜
问我给吃樱桃，给吃西瓜
我都说不吃，你说阿爸苦钱
阿爸吃嘛，买点吃吃
我说不想吃，最后你才说
妮妮想吃呢，没吃过
每天出门上班你追到门边来
更换的鞋子忙着提给我
顺风带走的垃圾忙着提给我
若见下雨，还忙着递雨伞
每天见我下班进家就跑拢来
欢叫着一头扑进我怀里
小嘴嘴在我脸上一个劲地点击

你三岁背唐诗四岁会写字
五岁六岁说出的话如诗
一句半句惊天动地
十二岁上初中追影星歌星
喜爱的明星，收进影集
吃过晚饭看电视你就来亲近我
动不动抬脚就往我腿上坐
你妈吼，妮子，你太不像话
快滚下来，你爸上班累
你说，不管不管，我就不管
谁叫这人常常早出晚归
上大学回家亮相美得出色
跟妈饶舌，口才凌厉
你妈骂我，还是一如既往向我

拉我逛街时常搂肩搭脖
不把我放在爹的地位
这些种种表现与生俱来
你成人成家才悄悄收藏进骨髓

亲爱的，来世你成人成家前
就是我的这样一个小情人
带着今生未尽的爱未了的情
我转换角色，你转换角色
你享受另一种宠爱甜蜜
待我老去你报恩情，拿颗孝心

2017.12.28

你心上有我，我心上有你

只要你喜欢，你喜欢
敞开心门欢迎
住进你心上
愿意，一百个的愿意

这是天下最幸福的事
住进你心里
温暖无比，富裕无极

西伯利亚寒流汹涌扑来
下暴雪，刮暴风
我不怕
因为住在你心里
我的一点风吹草动
都会牵扯你每一条神经
别说伤风咳嗽

远去的饥荒卷土重来
颗粒无收一季两季
我不怕
因为住在你心上
我的一个细胞收缩
你都会收到灵感电波
别说断炊借粮

住在你心上最幸福

不怕寒冷，不怕饥荒

更不怕什么寂寞

打开群的微信

拉开天涯海角夜幕

涌动的银波细浪

是交流的吟唱

是一片欢乐的激情

亲爱的，告诉你，告诉你

我心里同样有你

你同样住在我心里

你脸上的笑

身上的疼，时时滴落我心上

给我欢乐，叫我心疼

2018.12.21

冬至后做你心中加热的太阳

走过冬至，小寒大寒迎面扑来

数九寒冬，日子透骨寒凉

即便是晴天，天空云彩一丝不挂

很多地方，如我们的北方

整个北半球的以北

黑夜，遇上小寒大寒的寒气寒流

月亮也冻成冰月亮

星星，也冻成雪果子

米大豆子大鸡蛋大一颗颗

悬浮在人们头顶的上空

冷莹莹的，叫一些人总是担心

月亮再喘气，风再吹

怕会乒乒乓乓砸向屋顶头顶

白天，遇上小寒大寒的寒气寒流

太阳也急剧降温

像泼了一头一脸冰水

阳光，除了亮，已没有太多温暖

亲爱的，冬至后的小寒大寒里

我做你心中加热的太阳

无论刮不刮风，下不下雨雪

你心有加热的太阳

日子就有温暖的阳光

心上暖洋洋，身子就会暖洋洋

你挺一挺，就会挺过去

何况，过了冬至，春天不再遥远

2018.12.25

627

情到深爱，心语可以取暖

那一年这个月，你离我很远

彼此一个为一个着想

那时没有高速路没有高铁动车

坐班车走三四百公里单边

会一个面，需要两天

来回一趟，就是四天五天

还要老天开恩，一路畅通无阻

那时吃公饭的人没有双休日

松一松弦，只有星期天

相距几十里路的地方都去不到

那时没有手机没有微信

打个电话不跑大队就跑邮电所

那时想念就写信读信

把想念一笔一画写进信笺

把滚烫的心语装进两分钱信封

再贴上八分钱邮票长城

每天寄一封信，收一封信

情到深处，想念不断

尽管信中都说一切都好，勿念

那时你二十四岁我二十六

热恋中人，情到深爱

哈一口热气搓一把把热写信

心语字字，都是粒粒火炭

可以取暖，日积月累

爱到热情，你我冬夜泅渡的霜水雪水

会烧得热热乎乎地温暖起来

待到日出，待到春夏之交

回望，就是一江沸腾起来的热潮

2019.12.31

你一伤心，就是桃花泪流满面

情书链条突然中断一月
日子出现断裂峡谷
你情书一天一封不断地写
不断地投入邮箱
巴不得把感觉的峡谷填平

中断一天写一封情书是我
我不写，不收你来信
不是不想写，不是恩断义绝
放弃寒假探望约定
是一切突然由不得自己
学生放假老师不放假
革委会主任哨子一吹下达命令
外号老九行李一捆
跑三十里路进山冬修引水渠

砍镶木扛镶木加固掘进中隧洞
途中遭遇乌风暴雪袭击
日子醒在太阳出落寒假收尾
跑来找我，你心急
见白大褂白墙壁白床单
见呼喊声中醒来的我
你一伤心，就是桃花泪流满面
那一年我的春天来得早
同事说我因祸得福
迷迷糊糊，日子不知觉过
还正好回避了另一场暴风雪

2019.12.31

来到年的底线上，举步跨进明年

没有倒在前面小雪大雪的人
从不同的道路上来
同时来到年的底线上
十二月三十一日
年的底线，跨过就在新一年

来到今天的人，从各条路来
各自的来路各自的命脉
有人从高铁线上来
有人从直路直直爽爽来
有人从九曲十八弯来
有人到来亮起一年收获硕果
侃侃而谈，畅想来年
神采飞扬，面向明天明年
有人忙发微信送祝福
有人无语，不知明天出路方向
对来路，望都懒得望
有人头顶太阳从容不迫
回望来路曲直，细点一路得失
念叨没有来到今天的人
至于跨过年的底线，
急不急，都得到今天二十四点

来路曲折的人，摔打爬滚过来
有的，收获泡汤在汗水里
许多生命光阴

淹没在那些拐弯抹角

许多汗滴没开花

他们有人盲目，误入歧途

有人生长在羊肠小道

说，不能直截了当

绕去绕来，才到表达地方

走，不能直奔主题

往往返返，反反复复

折腾弯道潜在阴险

诸如黑暗、泥塘、刺蓬里的蛇

来到今天实属不易

气喘吁吁看，好在一路有人拉扯

亲爱的，今天你我再出手

跟头顶太阳一党人

拉扯一些人

你我拉扯一个两个都好

拉扯着跨出年的底线

穿过前边小寒大寒

直达明年春天更新的万千景象

2020.1.5

开在阳光下的一沓证明

亲，捧着这部专门写给你的情诗
你会感觉捧着我的一颗心
你目光跑进我的心房
从头至尾徜徉
你的手会按住你欢跳的心
我过去的爱情全在这部情诗里
你目睹每一首每一节
会看见你不在身边的我
白天坐立不安
夜晚，辗转不眠
每时都有想念涌出心底
是热情奔放的地下温情不冷静

你会在阅览中回放爱的日子
会抿嘴一笑泄露很多甜蜜欢喜
会在掩卷之时搓手嗟叹不已
值了值了，真是值了
这辈子遇上这个痴情汉
会在激情欢呼中发现
做女人，自己是天下最幸福的

亲爱的，我用一腔热血写情诗
洋洋洒洒就是几百首
是我的爱开在阳光下的一沓证明
天下女人，从古至今
有谁享受这样隆重待遇

言重了，言重了，我不虚心
亲爱的，你是女人花里最甜的蜜
尝着甜头的我
不迷恋你会迷恋谁
今后我一如既往迷恋你
迷恋你，是这一辈子戒不了的瘾

亲爱的，这部情诗子孙看别人看
百年以后，千年以后
你我漫游的灵魂会骄傲不已
相爱，就要这样轰轰烈烈
相恋，也要这样甜甜蜜蜜的
没有爱情的生命很悲哀
不是脑子进水、神经短路
就是离开海就搁浅在沙滩的鱼

2018.12.27

附：情之所至出诱惑

——云南作家茶山青诗歌作品赏析

我与茶山青先生并不相识，我是通过节目组文字编辑递送过来的作品才记住了这个名字。茶先生先后给我们《电视诗歌散文》栏目投送不少的诗歌作品，其中几个作品是我记忆很深刻的，如《端阳，我们随意过》《大理遍地都是美丽的诗》和第 2C7 期播出的节目《攀枝花，我在花蕊里沉醉过》等，给我的直接感知是，他对家乡的山水始终有一种深情，对生活中美的追寻充满了激情，对文学创作更是满满的纯情。这种情的呈现，无疑与其内心境界有很大关系，只要将这样的情感注入到诗句中，诗歌就会活起来、生动起来、灵秀起来。

> 苍山十九峰是洱海里站起来的诗
>
> 三千米、四千米，秀色淋漓
>
> 巅峰的白雪公主舞云弄诗
>
> 十八条溪流，奔放长句短句
>
> 苍山内心是诗的世界
>
> 唯美意境活在石画页里
>
> 南诏风情岛上堆满洱海诗句
>
> 随手捡一只海螺
>
> 吹出洱海月的情诗，洗心的诗

这是茶山青先生《大理遍地都是美丽的诗》其中的一段诗句，在短短几行诗句里，我们看到的具象是"十九峰""十八溪"和"南诏风情岛"，如果有人给你说那就是十九峰、十八溪，我们无法在脑海里产生画面，也激发不出别人对美的憧憬和向往。而作者仅用一个"站"字让十九峰活了，活得很壮观很旖旎。"巅峰的白雪公主舞云弄诗"加上"十八条溪流，奔放长句短句"让苍山更有灵性和生机，十九峰彩云舒卷曼舞，十八溪奔流不息，很显然作者已经融入到这样的景致中，自己也成为了一个歌者，拨弄着十九根琴弦，挑动着十八个琴键，让一个美丽充满诱惑的大理呈现在我们面前，在诗情的感召下，很多人不免会产生一种想要去大理的冲动。

诗歌很多时候是情的表达，正因为作者内心对大理有自己独特的认知和审美，才写出了这样的唯美的诗句。再如《攀枝花，我在花蕊里沉醉过》中：

> 来花城遇见攀枝花开，大开的瞳孔
> 流出骨子深处醒来的惊喜
> 有一副热心肠的花城冬天温暖
> 让远方而来的人满眼春天

攀枝花在国内其他地方叫木棉花，而在四川的攀枝花市叫"英雄花"，也叫攀枝花，这可能与地方的历史文化有关系。我们姑且不去探究它，单单就茶山青先生的诗作透出的讯息来看，攀枝花不仅美丽，而且是一个很温馨的地方，遇到攀枝花开，每个人的瞳孔会被她的美丽和惊艳而打开，她的绽放会挑动内心深处对美的期待和看到美之后的一种情态。然后诗人告诉你，花城的冬天不冷，就如花城人一样会让你感受到热心肠一样地温暖，一句话道出了攀枝花开放文明、热情好客的人文精神。

> 你若放手二月攀枝花，会后悔
> 你若是来了，时不时会感受
> 一朵红艳飞落怀中的惊讶
> 心掉进花蕊，想不融化，由不得自己

作者茶山青先生可以说是一个充满浪漫情怀的诗人，他对诗歌创作与人文精神的结合有其高明之处，他的作品在朴实中透露着诱惑，在捕捉打动人心的细节上更是巧妙。"你若放手二月攀枝花，会后悔"分明就是告诉我们，到攀枝花最好的时间是二月。"你若是来了，时不时会感受／一朵红艳飞落怀中的惊讶"这一句推进了你来攀枝花的欲望，满城的攀枝花一不小心就会有花瓣落入怀中，这种诱惑直接触动了我们内心的开关，我们不禁会问"是不是也该去攀枝花享受一次这样的惊喜呢？"更让人信服的是最后一句"心掉进花蕊，想不融化，由不得自己"，作者前面那么多描述和诱惑，最终就是想让我们享受一次"醉心的融化"。

不能不说茶山青先生是一位诗人导游高手，他能将一个景象用蘸着满是情感色彩的笔给你引领，步步深入牵着您的手进入他营造的境地里。

一个好的作者和诗人总是内心纯净而忘我。茶先生的作品缺少了华丽而凸显出真诚，最后我要和我们的读者说：和茶先生交往你要小心，因为他从你的举止可看到你的内心！从你的语言表达能看透你的价值取向。这是一个成熟诗人的标志！

感谢《电视诗歌散文》节目编导组能够让我品味到这样的好诗歌，同时感谢茶山青先生能为节目创作出这样优秀的作品。

《电视诗歌散文》第 267 期，中国中央电视台编导夏天评论

后　记

　　只因心痒手痒，又出这部诗集——从近年近千首诗作中选出来的。这是一部向世人坦白自己所爱之情的书，叫《爱情坦白》，内含春夏秋冬十二个月的爱情。这么大的一个命题在我的心上诞生，是有来头的。

　　写一部爱情诗给青年人，是八九年前产生想法并陆陆续续动手的事；放开写、大胆写，是2017年8月以来的事。说到大胆写，就是不顾忌闲言碎语，管它东南西北风，自己摆得露得，光明磊落，自己一股直劲地写，把脑海里应有尽有的灵感火花尽量释放出来，不让它埋在今后的土里。到今年现在，算是圆梦。

　　爱是一个永恒的主题。过去过分追求爱的完美，倒把多少人应有的爱封闭起来，活活地憋死一生。剑走偏锋年代也一样，从小到大到找对象结婚年龄，没见过一首爱情诗，没读到过一部爱情小说，没看到过一部爱情电影一场爱情戏剧。虽然读小学时就爱跑书店，还和店员王茂刚先生做了忘年之交；虽然读中专时爱买书，爱泡图书馆，爱跑到几公里外看电影看戏剧，都没有得到过一丁点儿爱情滋养，以至于中专毕业之时爱神降临不知所措：坐在心爱女生对面，低着头，脸憋得通红，说不出半句话来，让对方对自己爱慕的学生诗人完全失望，让一件美事黄了。后来成了大龄青年，即便恋爱谈得不羞羞答答，也顾忌谈"虎"色变的男女关系，像干地下工作似的，躲躲闪闪。如果天各一方，恋爱还谈得困苦头疼：没有私人电话，全靠笔墨纸张书写恋爱信，全靠邮局传递，十天半月才寄到，又十天半月才收到回信，挂念得很！我就是给我的亲爱的写恋爱信写出头的。那些年，一封恋爱信投寄出去，一颗心就像是悬在外面的风铃。思想大解放后，人们观念大转变，真好，把爱情称作"甜蜜的事业"，爱情诗、爱情小说、爱情电影、爱情电视连续剧，像充满活力的季节，弥漫的就是青春爱情。现在谈恋爱，最幸福的事，是想念亲爱的，掏出手机就打电话就倾诉，如果嘴上不好说，就用手机发短信发微信，秒秒钟分分钟就触及亲爱的心灵。有条件，就直接上网聊天谈情说爱，甚至打开视频一个望着一个谈，把恋爱谈得毛飞，让我感觉过去追求的现代化就是今天这个样！

　　这部爱情诗选，就是在思想大解放和手机大普及、信息大发展的近些年里诞生的。最近几年，每逢过节，就会收到四面八方发来的祝福短信微信，就会向四面八方回复祝福的信息，有的还带着爱的滋味、情的色彩，于是就想用信的形式写情诗，肯定受人欢迎；于是，有过爱情经历、读过当下大量情诗、看过当下爱情小说爱情故事片、观察过年轻人爱情事迹的我，全身的爱情细胞就激动了起来，就井喷出不可收拾的千言万语。其中一首情诗，有这么几句，反映的就是这种状态：亲，那年在桃园遇上你／那日掀开遮羞布／你一笑，满脸桃花盛开／满园粉色烂漫／叫一颗跳动加速的诗心／蹿到情不自禁份上／跳进花蕊深处／造遍野不可收拾的情诗蜜句！

　　这部情诗，是写好一首或一组就在中国诗歌网、中国作家网、《国家诗歌地理》、《中国汉诗》等网站和期刊发表。表面看，是写小我小爱；精明细心的人看出门道，有写自己的，有写别人的，是写大爱的。写别人的，是抓住生活中别人的爱情故事或场景或细节，调整一下自己，让自己站在他人的角度上去写……写大爱的，有《清明，祭拜亲人，别忘了先烈》《九一八，一个留在心上的伤疤》等众多作品。抓住场景，让自己和爱人站在场景中成为主人公的，有《千方百计得到你》《这个样子，就是你不嫌弃我》等众多作品。

　　这部情诗，不仅以信的形式写，让"亲爱的"或"亲"称呼贯穿始终，还以想要的追求的还自由诗彻底自由的潇洒风格出现，讲究的是每首诗的整体，让人明明白白地读完，从整首诗读出构思读出意境读出诗味，不让美好的意境在字数限制节奏限制音韵限制或形象限制中破坏掉。当初中语文老师时，上古诗文课，唐诗最容易讲，不用费劲去翻译，学生容易读懂，如李白的《静夜思》：床前明月光，疑是地上霜。举头望明月，低头思故乡。简直就是大白话，学生一看就懂。唐代大诗人李白把诗写得这样明白，照样有意境，照样流传千古。我们现代人写名为自由诗的现代诗，大没有必要写得花里胡哨或云里雾里。正是基于这一主张，就努力走出自己以往的格局，抛弃晦涩、刀劈斧削、精雕细琢、四平八稳、完美无缺，不懈地索取现代灵魂，打造脱俗、潇洒、自在、明媚、豪气、亲切、细腻、随和、很接地气的自由诗，像大自然一样，真正从语言中解放出来，把功夫下到构思上，拿精巧的构思从千人万人百年千年写过的题材中写出新的东西，诗集中许多诗篇就是这样，语言自然，构思奇巧。受网友欢迎的还有一点，这些诗都是写自己的生活感受，弹响的是内心灵魂，不去瞎编乱造，隔靴搔痒。

边写边发这些情诗，从 2017 年 8 月 21 日在中国诗歌网发表《河流》起，进入新的一个写诗高峰期。有时一天一首，有时一天两三首，一年内短诗、微型诗大大小小写出发出两百来首，常常是天一亮，就有新作出现在几百人的朋友圈和种种诗友群里。发这么多的诗，心里常常想，网络太好了；心里常常感激网络的开通和普及；心里也常常庆幸自己跟上了时代，学会了电脑，学会了上网，学会了运用微信，没被时代淘汰！最感激的是中国诗歌网、中国作家网、中诗网、中国电视诗歌散文、中华诗歌网、中国爱情诗歌网、城市头条、世界经典文学荟萃、中国诗歌万里行国际网、中国诗人微刊、世界名人会刊及长江诗社、唯美微型诗社等众多诗歌平台满足了创作需要，让我不再拿着写出来的每一首诗往报纸杂志上去挤，且早上写早上传，下午就编审出台，就能和广大读者见面，特别是中诗网，面对全国作者读者发出来，点击率阅读量极高。我发表的诗作，点击率阅读量都上三万五万七八万，最高的突破十一万。当然，我也没放过纸刊，也在《祥云时讯》《祥云文化》《鹤庆文化》《大理日报》《大理文化》《国家诗歌地理》《中国汉诗》《边疆文学》《奔流》《延河》《辽河》《文学欣赏》《青年文学家》《诗选刊》《世界诗人》《国际诗歌翻译》及 POMEZIA-NOTIZIE（意大利文学名刊）等纸刊上发表了一些爱情诗。

边写边发这些情诗，想不到的是有的诗作还被外国著名诗人翻译家翻译成英语、意大利语、荷兰语、希腊语在大型诗歌网站和著名纸刊上推介，想不到还有诗作荣获黎巴嫩国际文学奖创意奖、郭小川诗歌奖、第二届世界最美爱情诗大赛世界最佳爱情诗奖、首届紫荆花诗歌奖（香港）一等奖、加拿大海外作协世界诗歌联盟五月鲜花节大赛二等奖……作品入选《每日一诗》《中国当代优秀诗选》《2021 中国年度优秀诗歌选》《2021 中国诗歌排行榜》《世界诗歌年鉴 2021 卷》。

茶山青

2020 年 12 月修订

图书在版编目（CIP）数据

爱情坦白 / 茶山青著 .—北京：作家出版社，
2022.8

ISBN 978-7-5212-1501-4

Ⅰ.①爱… Ⅱ.①茶… Ⅲ.①诗集－中国－当代
Ⅳ.① I227

中国版本图书馆 CIP 数据核字（2022）第 056502 号

爱情坦白

作　　者：茶山青
责任编辑：秦　悦
装帧设计：薛　怡
出版发行：作家出版社有限公司
社　　址：北京农展馆南里 10 号　　　邮　　编：100125
电话传真：86-10-65067186（发行中心及邮购部）
　　　　　86-10-65004079（总编室）
E-mail:zuojia @ zuojia.net.cn
http://www.zuojiachubanshe.com
印　　刷：三河市北燕印装有限公司
成品尺寸：170 × 240
字　　数：533 千
印　　张：41.5
印　　数：001—2000
版　　次：2022 年 8 月第 1 版
印　　次：2022 年 8 月第 1 次印刷
ISBN　978-7-5212-1501-4
定　　价：88.00 元（全 2 册）